新编版

入选课本作家优秀作品丛书

U0663070

林徽因

Linhuiyin

优秀作品选

Youxiu Zuopinxuan

林徽因 / 著

《林徽因优秀作品选》编辑组 / 编

华东师范大学出版社

上海

图书在版编目（ＣＩＰ）数据

　　林徽因优秀作品选 / 林徽因著；《林徽因优秀作品选》编辑组编. -- 上海：华东师范大学出版社，2021
　　ISBN 978-7-5760-1521-8

　　Ⅰ. ①林… Ⅱ. ①林… ②林… Ⅲ. ①中国文学－现代文学－作品综合集 Ⅳ. ①I216.2

　　中国版本图书馆 CIP 数据核字(2021)第 049242 号

林徽因优秀作品选

著 / 林徽因
编 /《林徽因优秀作品选》编辑组
责任编辑 / 吴余
审读编辑 / 吴飞燕
责任校对 / 吴余

出版发行 / 华东师范大学出版社
社址 / 上海市中山北路 3663 号　　邮编 / 200062
网址 / www.ecnupress.com.cn
电话 / 021-60821666　　行政传真 / 021-62572105
客服电话 / 021-62865537
门市（邮购）电话 / 021-62869887
地址 / 上海市中山北路 3663 号华东师范大学校内先锋路口
网店 / http://hdsdcbs.tmall.com

印刷者 / 武汉兆旭印务有限公司
开本 / 880 × 1230　32 开
印张 / 5
字数 / 104 千字
版次 / 2021 年 4 月第 1 版
印次 / 2021 年 4 月第 1 次
书号 / ISBN 978-7-5760-1521-8
定价 / 16.00 元

出版人 / 王焰

（如发现本版图书有印订质量问题，请寄回本社客服中心调换或电话 021-62865537 联系）

阅读准备

·作家生平·

林徽因（1904—1955），福建闽侯（今福州）人，中国著名女建筑师、文学家。

林徽因出生在一个思想开明的家庭，从小就接受西式教育，同时也深受传统文化的熏陶。1920年4月，随父游历欧洲，期间对建筑学产生浓厚兴趣。1923年，受到新诗团体新月社的影响，经常参加新月社举办的活动。1924年，与梁思成同赴美国攻读建筑学。后与梁结婚。1928年回国后，长期在大学教授建筑学。1930年到抗战前夕，林徽因与丈夫梁思成考察中国15个省190多个县，进行大量古建筑的测绘，为中国的古建筑学做出巨大贡献。

中华人民共和国成立后，任清华大学建筑系教授，并参与设计国徽图案和天安门人民英雄纪念碑。

1955年4月1日，病逝于北京同仁医院，享年51岁。

·创作背景·

林徽因出生于一个充满书香气的家庭，从小便同时接受西方文化和中国古典文化的熏陶，故其诗作常常充满一种典雅、精致的韵味。同时，女性的视角又让她的诗作优雅细腻，饱含感情。如《你是人间的四月天》里对春天景象的细腻捕捉，《别丢掉》中对已逝过往的深深怀恋。

·作品速览·

林徽因的文学创作大部分是诗歌，另外还有散文、小说、戏剧和文学评论。她的诗多以个人情绪的起伏和波澜为主题，风格委婉柔丽，韵律自然。代表作有《你是人间的四月天》《那一晚》《别丢掉》等。

本书收录了林徽因的各类优秀作品，包括诗歌、散文、文学评论以及书信等。通过她的诗，读者可以感受到她独特的审美与细腻的诗人气质；通过她的散文，你可以品味到她诗一样的散文语言；通过她的文学评论，你可以体悟作者独特的文学趣味；通过她的书信，你可以感受到她对朋友的一片热忱。

·文学特色·

林徽因是一位多才多艺、美丽智慧的女性。作为一位文学家、艺术家，林徽因勇于探索和创新，她的诗歌及散文作品既充满女性的温柔婉丽，又具有学者的睿智理性，同时暗含忧时伤世的情怀。

目 录

🐚 **第一编 你是人间的四月天** ⋯⋯⋯⋯⋯⋯⋯ 1

你是人间的四月天 ⋯⋯⋯⋯⋯⋯⋯ 2

仍然 ⋯⋯⋯⋯⋯⋯⋯⋯⋯⋯⋯ 4

那一晚 ⋯⋯⋯⋯⋯⋯⋯⋯⋯⋯ 6

笑 ⋯⋯⋯⋯⋯⋯⋯⋯⋯⋯⋯⋯ 8

深夜里听到乐声 ⋯⋯⋯⋯⋯⋯⋯ 10

情愿 ⋯⋯⋯⋯⋯⋯⋯⋯⋯⋯⋯ 12

别丢掉 ⋯⋯⋯⋯⋯⋯⋯⋯⋯⋯ 14

忆 ⋯⋯⋯⋯⋯⋯⋯⋯⋯⋯⋯⋯ 16

灵感 ⋯⋯⋯⋯⋯⋯⋯⋯⋯⋯⋯ 18

无题 ⋯⋯⋯⋯⋯⋯⋯⋯⋯⋯⋯ 21

你来了 ⋯⋯⋯⋯⋯⋯⋯⋯⋯⋯ 23

一串疯话 ⋯⋯⋯⋯⋯⋯⋯⋯⋯ 25

🐚 **第二编 八月的忧愁** ⋯⋯⋯⋯⋯⋯⋯⋯ 27

八月的忧愁 ⋯⋯⋯⋯⋯⋯⋯⋯⋯ 28

山中一个夏夜 ⋯⋯⋯⋯⋯⋯⋯⋯ 30

深笑 ⋯⋯⋯⋯⋯⋯⋯⋯⋯⋯⋯ 32

风筝 ⋯⋯⋯⋯⋯⋯⋯⋯⋯⋯⋯ 34

记忆 ·· 37

黄昏过泰山 ··· 39

静坐 ·· 41

十月独行 ··· 43

时间 ·· 45

去春 ·· 47

🐌 **第三编 一片阳光** ························· 49

一片阳光 ··· 50

悼志摩 ··· 57

纪念志摩去世四周年 ························· 66

蛛丝和梅花 ··· 73

我们的首都 ··· 78

惟其是脆嫩 ··· 101

究竟怎么一回事 ································· 105

🐌 **第四编 书信一束** ························· 111

山西通信 ··· 112

致沈从文 ··· 116

致胡适 ··· 132

致金岳霖 ··· 146

致梁思成 ··· 148

读后感 ·· 152

真题演练 ·· 153

答案 ··· 154

你是人间的四月天

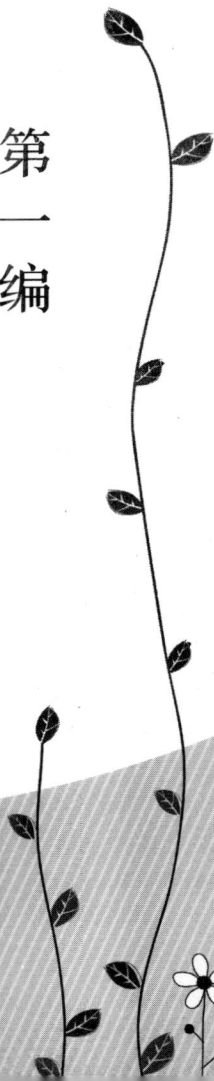

第一编

你是人间的四月天

——一句爱的赞颂

名师导读...

四月，正是芳菲最盛的时候，这样充满诗意的时节，总是能够引起我们的无限情思。这首诗中，林徽因以她诗人的笔触为我们描绘了她眼里的人间四月天。

【比喻手法】

将"你"比作"人间的四月天"，这里的"你"指的是作者的儿子。暗含作者对儿子出生的喜悦及对儿子的珍爱。

【倒装句】

应为"你是那轻，那娉婷，鲜妍"，这样写突出了"你""轻""娉婷""鲜妍"的特点，使读者感受到作者内心的欣喜之情。

我说你是人间的四月天；
笑响点亮了四面风；轻灵
在春的光艳中交舞着变。

你是四月早天里的云烟，
黄昏吹着风的软，星子在
无意中闪，细雨点洒在花前。

那轻，那娉婷，你是，鲜妍
百花的冠冕你戴着，你是
天真，庄严，你是夜夜的月圆。

雪化后那片鹅黄，你像；新鲜

初放芽的绿,你是;柔嫩喜悦

水光浮动着你梦期待中白莲。

你是一树一树的花开,是燕

在梁间呢喃,——你是爱,是暖,

是希望,你是人间的四月天!

【首尾呼应】

与开篇相呼应,更加强烈地表现出了作者对"你"的赞美与喜爱之情。

阅读心得

这首诗借对人间四月天的赞美,表达了儿子出生时作者的喜悦之情。

诗人在诗中运用一系列的比喻,将"你"比作"人间的四月天""四月早天里的云烟""一树一树的花开""燕在梁间呢喃",这些意象都带有轻柔、珍贵、饱含希望等特点,蕴含着诗人对儿子深沉的爱。

诗中两次写到"你是人间的四月天",结尾处更是直接抒情,强烈地表现出作者对"你"的赞美与喜爱之情。

写作借鉴

这首诗中用到多种修辞手法。如比喻,"你是人间的四月天""你是四月早天里的云烟",把"你"比作"人间的四月天""四月早天里的云烟"等,这些比喻都十分形象可感,可以在读者心中勾起清晰而美好的景象。如拟人,"笑响点亮了四面风",将"笑响"拟人化,将"你"的轻灵活泼写得生动形象。

除了修辞手法,也应注意到本诗独特的结构特点。本诗第一至第四节句式结构基本相同,形成复沓、对称的结构,使得本诗的节奏十分明快。

仍　然

📖 名师导读····

　　舒展的湖水向着晴空,展开的千瓣花朵,随风吹展的书篇,这些都是美好的意象。当有人毫无保留地向你袒露这些美好的时候,你会做出什么选择呢?林徽因的选择又是什么呢?

　　　你舒伸得像一湖水向着晴空里

　　　白云,又像是一流冷涧澄清

　　　许我循着林岸穷究你的泉源:

　　　我却仍然怀抱着百般的疑心

　　　对你的每一个映影!

　　　你展开像个千瓣的花朵!

　　　鲜妍是你的每一瓣,更有芳沁,

　　　那温存袭人的花气,伴着晚凉:

　　　我说花儿,这正是春的捉弄人,

　　　来偷取人们的痴情!

　　　你又学叶叶的书篇随风吹展,

　　　揭示你的每一个深思;每一角心境,

你的眼睛望着，我，不断的在说话：

我却仍然没有回答，一片的沉静
永远守住我的魂灵。

阅读心得

　　林徽因作为民国时期的才女，自然是追求者无数，其中要数徐志摩最为热烈。徐志摩曾经写过一首叫作《偶然》的诗，里面也用到了"白云""水"这样的意象。本诗可以看作是林徽因对《偶然》的应答之作。诗中"你""舒展得像一湖水向着晴空里"，又"展开像个千瓣花朵"，也像"书篇随风吹展"，无论是"舒展""展开"，还是"吹展"，都带有热烈的开放性的特点，都是热情似火的象征。但"我"却"抱着百般的疑心"，以"一片的沉静"来回答"你的热情"。最终，作者以"永远守住我的魂灵"来回应"你"的热情。这首诗可以看作是林徽因自己心迹的坦陈。

写作借鉴

　　这首诗最值得我们借鉴的，就在于比喻的修辞手法。

　　在这首诗中，作者对喻体的选择，是有用意的，"舒展的湖水""展开的千瓣花朵""吹展的书篇"，这三个喻体，都带有展开的开放的特点，正是诗中"你"的热情的体现。而且这三种意象在展开的维度上还有层层递进的特点，"舒展的湖水"是面积上的广阔，"展开的千瓣花朵"是数量上的广阔，而"吹展的书篇"则是内容上的包罗万象。三种比喻，既有共同特点，又层层递进，可见作者写作功力的高超。

那 一 晚

📖 **名师导读** · · ·

"黯然销魂者，唯别而已矣"，离别从古至今都是文人们常写的话题。在这首诗中，林徽因以一个女性诗人的笔触，细腻地描绘了离别时的场景，别后的境况以及对未来的期望。读这首诗，可以体味到诗人对过往的回忆。

那一晚我的船推出了河心，
澄蓝的天上托着密密的星。
那一晚你的手牵着我的手，
迷惘的星夜封锁起重愁。
那一晚你和我分定了方向，
两人各认取个生活的模样。

到如今我的船仍然在海面飘，
细弱的桅杆常在风涛里摇。
到如今太阳只在我背后徘徊，
层层的阴影留守在我周围。
到如今我还记着那一晚的天，
星光、眼泪、白茫茫的江边！
到如今我还想念你岸上的耕种：

红花儿黄花儿朵朵的生动。

那一天我希望要走到了顶层，
蜜一般酿出那记忆的滋润。
那一天我要挎上带羽翼的箭，
望着你花园里射一个满弦。
那一天你要听到鸟般的歌唱，
那便是我静候着你的赞赏。
那一天你要看到零乱的花影，
那便是我私闯入当年的边境！

阅读心得

　　读这首诗，要注意其中展露出来的时间的跨度。首先，是作者对"那一晚"的回忆。诗的开头以三个"那一晚"，串联起对分别时的回忆。"重愁"两个字，表现了分别的不舍。其次，作者又以四个"到如今"，对别后自己的境况做了概括。从"风涛里摇""阴影"可以看出，别后的境况并不如意。最后，又是四个"那一天"引领，展开对未来的期望。

写作借鉴

　　本诗的最大特色就是作者对时间顺序的运用。作者用三个表示时间的词语，串联起过去、现在以及将来，构思巧妙，结构精巧。三个时间蕴含三种感情，使诗中的感情更加丰富饱满。

　　作者对环境的描写也值得我们借鉴。作者以"河心""迷惘的星夜""眼泪"以及"白茫茫的江边"等意象，为我们塑造了一个迷惘悲伤的氛围，烘托出了离别时的哀伤与不舍。

笑

"巧笑倩兮，美目盼兮。"笑有各种形态，最打动我们的，莫过于那眼波的流转，声音的轻灵。古往今来，写笑的诗人无数，也各有各的独到之处。在这首诗里，林徽因则以细腻的笔触，为我们描绘了一个少女的笑。

笑的是她的眼睛，口唇，

和唇边浑圆的旋涡。

艳丽如同露珠，

朵朵的笑向

贝齿的闪光里躲。

那是笑——神的笑，美的笑：

水的映影，风的轻歌。

笑的是她惺忪的鬈发，

散乱的挨着她耳朵。

轻软如同花影，

痒痒的甜蜜

涌进了你的心窝。

那是笑——诗的笑，画的笑：

云的留痕,浪的柔波。

阅读心得

　　这首诗为我们描绘了一个少女高雅纯洁的笑。诗人把描绘的对象集中在眼睛、口唇、贝齿、鬈发等处,那是少女身上最动人的地方。

　　少女的笑,是艳丽的,如同露珠;又是轻软的,如同花影。少女的笑,又是拟人化的,笑向贝齿的闪光里躲。看到这样美丽的少女的笑,就会有"痒痒的甜蜜"涌进"你的心窝"。这样的笑是有感染力的。

写作借鉴

　　这首诗中最值得我们借鉴的是它那灵活多变的写作手法。

　　首先是比喻,有明喻和暗喻两种。笑的艳丽如同露珠,笑的轻软如同花影,写出笑的不同形态,这是明喻。"水的映影""风的轻歌""云的留痕""浪的柔波",这是笑给我们的不同感受,作者以暗喻的方式展现给我们。

　　然后,是视听结合。"水的映影""风的轻歌",分别从视觉和听觉写出少女的笑给我们的感受,笑不仅有声响,而且有形状,给人感官上的冲击。

　　此外,拟人的运用也处处可见。在诗人的笔下,眼睛、口唇、鬈发都可以拟人化,仿佛爱笑少女就在我们面前。

深夜里听到乐声

名师导读...

　　"高山流水"的典故，相信大家都不陌生。俞伯牙弹琴，钟子期听琴，二人心意相通，互为"知音"。后来更有司马相如琴挑卓文君的故事。音乐，弹者可传达哀乐，听者也可闻声而知其意。这首诗，即从听者的角度，为我们描绘了听者心底的哀思。

这一定又是你的手指，
轻弹着，
在这深夜，稠密的悲思；

我不禁颊边泛上了红，
静听着，
这深夜里弦子的生动。

一声听从我心底穿过，
忒凄凉
我懂得，但我怎能应和？

生命早描定她的式样，

太薄弱

是人们的美丽的想象。

除非在梦里有这么一天，

你和我

同来攀动那根希望的弦。

阅读心得

　　这首诗从深夜听琴说起，琴声中蕴含着弹者"稠密的悲思"，而诗中的"我"知道，这是"你"在弹。"颊边泛上了红"的细腻描写，则给我们暗示着二人之间隐秘的情感。

　　"我"懂得这凄凉的乐声里蕴含着什么，但"我"不能回应。因为命运不允许这美丽想象的发生。结尾以"梦里"作结，暗示了二人之间无奈的结局。

　　作者通篇以细腻的心理描写，为我们表现了一种爱而不能的伤痛。诗中，男子的相思，女子的惆怅跃然纸上。

写作借鉴

　　心理描写的运用是本诗的一大特点。诗中，听者的心理变化十分明显，初听时乐声的悲思也引起了听者内心的悲思。等到明白这悲思是为自己而发时，内心又充满羞涩，所以才"颊边泛上了红"。后来想到二人处境，心底充满凄凉。结尾处，则只能以无奈来面对二人的结局。全诗的心理描写层层递进，为我们展现了弹者的相思和听者的惆怅。

情　愿

📖 名师导读····

　　这首诗写于林徽因在香山养病期间，从诗中的决绝之词来看，这或许可以作为二人关系的明证，从而让我们避免陷入人云亦云的虚妄。

我情愿化成一片落叶，

让风吹雨打到处飘零；

或流云一朵，在澄蓝天，

和大地再没有些牵连。

但抱紧那伤心的标帜，

去触遇没着落的怅惘；

在黄昏，夜半，蹑着脚走，

全是空虚，再莫有温柔；

忘掉曾有这世界；有你；

哀悼谁又曾有过爱恋；

落花似的落尽，忘了去

这些个泪点里的情绪。

到那天一切都不存留，

比一闪光，一息风更少

痕迹，你也要忘掉了我

曾经在这世界里活过。

阅读心得

读这首诗，首先要注意其中关于意象的选取。风吹雨打的"落叶"、与大地再无联系的"流云"、落尽的"落花"等意象，都带有一种浓重的距离感，这暗示了两人划定了感情界限。

再看后文中的"忘掉""忘了去""一切都不存留""你也要忘掉了我"等处，可以明确看出来林徽因的选择是"相濡以沫，不如相忘于江湖"。

整首诗充满了一种哀伤的情绪与浓重的疏离感，可以作为我们了解林徐二人关系的明证。

写作借鉴

关于此诗，最明显的特点是它整齐的结构和优美的韵律。

林徽因的新诗创作受到新月派的影响，从而诗中也有新月派的特点。新月派写新诗讲究"三美"，即"书画美""音乐美""建筑美"。

从本诗来看，最明显的是它的"建筑美"。全诗共分四节，每节四句，每句都是九个字，工整而又富有美感。

另外，关于"音乐美"，全诗每节后两句押韵，造成奇妙的音乐感与节奏感。

别 丢 掉

📖 名师导读....

　　这首诗是一首悼亡怀人诗，写于徐志摩遇难十个月后，但直到四年后才发表，其中经历颇可玩味。诗名《别丢掉》，不要丢掉的是什么呢？

　　别丢掉
　　这一把过往的热情，
　　现在流水似的，
　　轻轻
　　在幽冷的山泉底，
　　在黑夜，在松林，
　　叹息似的渺茫，
　　你仍要保存着那真！
　　一样是月明，
　　一样是隔山灯火，
　　满天的星，
　　只使人不见，
　　梦似的挂起，
　　你问黑夜要回
　　那一句话——你仍得相信

山谷中留着

有那回音！

阅读心得

　　悼亡类文学作品在中国古典文学中是比较常见的，这类作品一般会通过回忆亡者生前的种种，以及刻画亡者去世后人世的种种凄凉，抒发哀伤。

　　本诗同属悼亡体裁，其相同之处可见一斑。如开头"别丢掉／这一把过往的热情"，"过往"二字，呼应悼亡主题。往日的热情仿佛已经逝去，但仍像流水似的缓缓流淌。"我"心中仍旧眷恋那一段逝情，所以"你"也"要保存着那真"。而两个"一样是"，则描写了斯人去后世间一切如常，只有人不在。

写作借鉴

　　这首诗中比喻的运用十分精妙，值得我们认真学习。

　　"别丢掉／这一把过往的热情，／现在流水似的，／轻轻／在幽冷的山泉底，／在黑夜，在松林，／叹息似的渺茫"，这一长句中含有两个比喻。其一，比较明显的是"叹息似的渺茫"，把过往的热情的微弱比作"叹息似的渺茫"。其二，把"过往的热情"比作轻轻的"流水"，因其轻，所以选取的意象也都是"山泉底""黑夜""松林"这样带有幽暗微小特点的意象，更突出这过往热情的渺茫。同时，流水还有另外一层含义，即经久不息、流动不止的内涵，证明这"过往的热情"，虽然渺茫，但仍旧存在。

　　一句话有两个比喻，且有如此丰富的内涵，足见作者功力。

忆

名师导读....

回忆，尤其是我们自己的，会因为时间的漂洗而加上一个美丽的滤镜，过往的点点滴滴似乎总是美好的、值得珍惜的。这首诗里的"我"，在新年这个美好的时刻，回忆起自己当初勇敢的恋爱，更是甜蜜万分。

新年等在窗外，一缕香，
枝上刚放出一半朵红。
心在转，你曾说过的
几句话，白鸽似的盘旋。

我不曾忘，也不能忘
那天的天澄清的透蓝，
太阳带点暖，斜照在
每棵树梢头，像凤凰。

是你在笑，仰脸望，
多少勇敢话那天，你我
全说了，——像张风筝
向蓝穹，凭一线力量。

阅读心得

民国时期，中国经历了欧风美雨的洗礼，社会开放多元，这一时期涌现出了许多大胆而热烈的恋爱故事，如萧红、张爱玲、沈从文等。本诗也为我们描绘了一个热烈大胆的恋爱故事。

在新年这个美好时刻，诗中的"我"回忆起了那天恋人对自己说的话。那一天是如此难忘，以至于"澄蓝的天""阳光"都记忆犹新。他们爱得热烈，把所有"勇敢的话"全说了；他们爱得不顾一切，像只有"一线力量"的风筝，挣向苍穹。

写作借鉴

林徽因的诗好用比喻。本诗中"白鸽似的盘旋"，用盘旋的白鸽来刻画少女回忆恋情时的心理状态，可谓精妙。而用风筝来比喻二人奋不顾身的爱情，更是道尽了爱情的热烈。

另外，此诗中的直接抒情也值得我们效仿。"我不曾忘，也不能忘"一节，直接而大胆地表露自己的恋爱，一个大胆而热烈追求爱情的少女形象跃然纸上。

灵　感

📖 名师导读····

"气之动物，物之感人，故摇荡性情，形诸舞咏。"外界的变化，经常会给诗人带来一定的心理反应，把它写成文字，也就成了诗篇文章。这种心理冲动，就是灵感。林徽因关于灵感的体验是怎样的呢？

是你，是花，是梦，打这儿过，

此刻像风在摇动着我：

告诉日子重叠盘盘的山窝；

清泉潺潺流动转狂放的河；

孤僻林里闲开着鲜妍花，

细香常伴着圆月静天里挂；

且有神仙纷纭的浮出紫烟，

衫裾飘忽映影在山溪前；

给人的理想和理想上

铺香花，叫人心和心合着唱；

直到灵魂舒展成条银河，

长长流在天上一千首歌！

是你，是花，是梦，打这里儿过，

此刻像风,在摇动着我;

告诉日子是这样的不清醒;

当中偏响着想不到的一串铃。

树枝里轻声摇曳;金镶上翠,

低了头的斜阳,又一抹光辉。

难怪阶前人忘掉黄昏,脚下草,

高阁古松,望着天上点骄傲;

留下檀香,木鱼,合掌

在神龛前,在蒲团上,

楼外又楼外,幻想彩霞却缀成

凤凰栏杆,挂起了塔顶上灯!

阅读心得

　　第一节中,作者给我们描述了生活中可以激起灵感的场景。无论是"你""花""梦",还是"山窝""清泉""花""细香""紫烟"等,都是可以激起灵感的媒介。而后灵感激起人的万种文思,"灵魂舒展成条银河",从而写出无数诗篇——"一千首歌"。

　　相比第一节中各种引起灵感的意象的美好华丽,第二节中的意象则相对平淡许多,如"斜阳""草"等。第二节主要告诉我们的是,即使在不清醒的日子里,也会有灵感的意外来临,一如"想不到的一串铃"。当这样的"一串铃"响起的时候,平淡的生活中也可以升起由"幻想彩霞"点缀的希望的灯塔。

　　写这首诗时,林徽因正卧榻养病,诗中"打这儿过""告诉"等词语有所表露。

写作借鉴

　　这首诗可以作为灵感的文学评论来读。

　　首先，大自然的奇美景观可以作为激起灵感的媒介，这在诗的第一节已经做了细致的刻画。重叠的山峦，狂放的河流，鲜妍的花儿，缥缈的云烟等，都是大自然的奇伟景象，面对这样的景象，每个人都会不由得生出诗意来。或是自成文字，或是吟诵前人诗句，都是灵感喷涌的一种表现。

　　更难的是在平淡的生活中发现诗意，产生灵感。这需要一颗敏感的内心，一双善于发现的眼睛，从一抹斜阳，一丛幽草里寻得诗句来。同时，也需要一定的想象，高阁古松下，焚香静拜，思绪飘到了九天之上，那里有彩霞点缀的宫殿和希望的灯塔。

　　可是，有了这些，我们还是经常会陷入下笔无物的窘境。所以除了以上的亮点之外，我们还要做到另外两点。

　　其一，大量的阅读。杜甫说"读书破万卷，下笔如有神"，正是胸中有万卷书，所以杜甫才能成就"诗圣"之名，留下许多脍炙人口的诗篇。"熟读唐诗三百首，不会作诗也会吟"，在读书的过程中，我们不自觉地就会学习到很多写作的技巧。所以，多读书是写好文章的前提。

　　其二，多练习写作。相传李贺出行，必随身携带一竹筒，有好句则投入其中，回家后倒出一堆的纸卷。"两句三年得，一吟双泪流"，贾岛写诗可谓苦心孤诣，"推敲"的典故更是流传至今。所以，要想写好文章，大量的练习也是必不可少的。

无　题

名师导读....

　　无题诗是中国古典文学里常见的一种诗歌形式，其中的代表诗人是李商隐。作者不愿直接以题目来显露诗歌主旨，故以无题为名，一般寄托着作者较为隐秘的感情。这首诗也是如此。

　　什么时候再能有

　　那一片静；

　　溶溶在春风中立着，

　　面对着山，面对着小河流？

　　什么时候还能那样

　　满掬着希望；

　　披拂新绿，耳语似的诗思，

　　登上城楼，更听那一声钟响？

　　什么时候，又什么时候，心

　　才真能懂得

　　这时间的距离；山河的年岁；

　　昨天的静，钟声，

昨天的人

怎样又在今天里划下一道影！

阅读心得

这首诗以三个"什么时候"的疑问方式展开追问，既是问自己，也是问他人。

第一节，主要突出一个"静"。或许是在纷乱的生活中心力交瘁，亦或许在人世的尘杂中感到厌倦，作者开始怀念那曾经的"一片静"。"溶溶的春风""山""小河流"，三个意象组成一幅静寂的画面。作者追寻的，或许是环境的静，抑或是久未体验的内心的宁静。

第二节，则是静极之后的动。作者那时充满着希望，于是她"披拂新绿""登上城楼""更听那一声钟响"。一个"更"字，程度要比第一节加深许多。

第三节则着重刻画了时间。这时间里，有"昨天的静，钟声，/昨天的人"，昨天的种种因缘，在今天"划下一道影"。世间万事，皆有因果，世人又怎能参透。

整首诗，都是作者对过往的追问。这些追问中，有着对过往的怀念，也有着对过往的遗憾。

写作借鉴

这首诗的形式颇可玩味，从结构上看，它由两个四行的小节和一个六行的大节组成，是一首典型的西方十四行诗。从诗歌的形式可以看出林徽因的西学背景。

另外，关于问句的运用。这首诗由三个问句开头，通篇都是以询问的口气展开。问句具有强烈的抒情性和开放性，由此给读者带来很大的回味空间。试想一下，如果把原诗改成陈述的语气，那么诗歌的表达效果就一定会大打折扣。

你 来 了

名师导读····

这首诗写两个人的遇见，似是一场约会，又似是一次惊艳的相逢。这次相遇是这么美好，以致时光刹那而过。"你"是谁？竟成了我生命中最光艳的存在。

你来了，画里楼阁立在山边，

交响曲，由风到风，草青到天！

阳光投多少个方向，谁管？你，我

如同画里人，掉回头，便就不见！

你来了，花开到深深的深红，

绿萍遮住池塘上一层晓梦，

鸟唱着，树梢头织起细细枝柯——白云

却是我们，翻过好几重天空！

阅读心得

"春日游，杏花吹满头。陌上谁家少年，足风流。"两首诗描绘的场景是多么相似啊。林徽因不愧是受过中国古典文学的熏陶，一开头，就为我们营造出了古诗词中才有的意境，画里楼阁，碧草连天，正是相见之时。

相见之后，眼里心里都是"你"，哪管什么阳光。因为你来了,花也开到深红,绿萍遮住晓梦,树枝也为我们笼罩,万事万物无不称意。

可快乐的时光终究是短暂的,倏忽之间,白云划过天边,我们一掉头,便即不见。

总体来说,这首诗写的是恋人来赴约,"我"内心的快乐,以及快乐时光的短暂。

写作借鉴

这首诗值得我们借鉴的是环境的描写,场景的塑造。

开篇,"画里楼阁立在山边,／交响曲,由风到风,草青到天",寥寥数语,便有"楼阁""山""交响曲""风""草""天"六个意象,这些意象合到一起,为我们营造了一种如诗如画的美感。这种美,是中国的,古典的,里面有中国古诗词的韵味。这样的场景,正适合青春年少的男女约会。

此外,还有视听结合的运用。景色的描写,加上耳边的风吟鸟唱,让读者的感受更加深刻。

一串疯话

好比这树丁香,几枝山红杏,

相信我的心里留着有一串话,

绕着许多叶子,青青的沉静,

风露日夜,只盼五月来开开花!

如果你是五月,八百里为我吹开

蓝空上霞彩,那样子来了春天,

忘掉腼腆,我定要转过脸来,

把一串疯话全说在你的面前!

阅读心得

这是一首爱情诗。

诗的第一节,作者选用"丁香"和"山红杏"作为意象,含蓄地表达了自己的感情。"丁香"和"山红杏"是沉静的,还"绕着许多叶子"，正如深埋心底的感情。它在等待着，等待着五月的来临。

第二节，出现了一个"你"，你来了，就是五月。"你"的到来，为"我"吹开八百里的云霞，一扫"我"心中的忧郁，那时候，春天就来了。"我"决定"忘掉腼腆"，在"你"面前吐露心怀。

这首诗里，诗人所传达的感情十分含蓄，但又十分热烈。诗人对这个"你"抱有很大的期待，心里也有"一串疯话"想说与"你"听。

写作借鉴

通过读这首诗，我们要学会一种常见的表现手法——托物言志。

托物言志常见于古诗词中，是指通过对物品的描述或叙述，表现一种志向和意愿。诗人选取的事物通常具有某种品质或特点，而这个特点正好契合诗人所要表达的，因此便通过歌咏这一事物来表达自己的志向或者某种意愿。如《竹石》《橘颂》等。

这首诗，作者通篇围绕丁香和山红杏展开，这两种植物的共同点是花小而艳，又都隐藏在繁密的叶子之间，一如少女情怀，炽热而羞涩。作者选取这两样植物来传达少女情怀，可谓非常贴切。

我们在写文章的时候也要学会运用托物言志的表现手法。

第二编

八月的忧愁

八月的忧愁

名师导读....

　　八月，正是夏末秋初时节，天气依然燥热。在这样的季节，诗人却生出难以排解的忧愁，究竟是生活的苦涩，还是精神的苦闷？让我们一起来阅读这篇文章，找寻答案吧。

【颜色词的运用】

"黄水塘""白鸭""油青"，三组颜色词的运用，营造出鲜艳的画面感。

【场景描写】

"雨洗过的天""山岗""羊""村庄"等意象，组成一幅明净祥和的乡村图景。

黄水塘里游着白鸭，

高粱梗油青的刚高过头，

这跳动的心怎样安插，

田里一窄条路，八月里这忧愁？

天是昨夜雨洗过的，山岗

照着太阳又留一片影；

羊跟着放羊的转进村庄，

一大棵树荫下罩着井，又像是心！

从没有人说过八月什么话，

夏天过去了，也不到秋天。

但我望着田垄，土墙上的瓜，

仍不明白生活同梦怎样的连牵。

阅读心得

　　黄色的水塘，白色的鸭子，油青的高粱，一开篇，作者便用一连串充满色彩感的乡村事物的描写，为我们描绘了一幅平静祥和的乡村图景。但作者的内心却并不平静，因而无法安插下这样寻常的农村风物。

　　第二节，前三句中"雨洗过的天""山岗""转进村庄的羊"，依然是宁静祥和的乡村场景。但紧接着，"井"这一意象出现，"又像是心"。心中的忧愁难以通过乡村景物排解，所以，看到"井"，跳动的心又忧愁起来。

　　到了第三节，作者的忧愁似乎更加剧烈，似乎对"八月"也有所不满，"夏天过去了，也不到秋天"，八月的时光似乎令作者不好受，其中有一种持久的无奈和焦虑难以排解。但诗人没有继续宣泄，只是"望着田垄，土墙上的瓜"。最后一句，是诗眼，"生活"代表现实，"梦"代表理想，正是二者之间的落差造成了作者深深的忧虑。

写作借鉴

　　本诗中以乐景衬哀情的写作手法值得我们学习和借鉴。

　　第一节中，黄色的水塘，白色的鸭子，油青的高粱，这些意象组合成的是一幅宁静祥和的画面，而作者却感到了"八月的忧愁"。同样，第二节中，"雨洗过的天""山岗""转进村庄的羊"，同样是宁静祥和的乡村场景，可作者却有一颗跳动不安的心。两处的场景刻画，都是美好祥和的，而作者的心情并不因眼前的景色而舒展。乐景衬托下的哀情，显得更加沉重。

山中一个夏夜

名师导读....

"山中""夏夜",单看题目,就能让人联想到静寂的山峦,凉爽的山风,优美的虫鸣,布满繁星的夜空等美好的景象。在这首诗中,林徽因就写了她在山中度过的一个夏夜。

山中有一个夏夜,深得
像没有底一样;
黑影,松林密密的;
周围没有点光亮。

  对山闪着只一盏灯——两盏
  像夜的眼,夜的眼在看!

满山的风全蹑着脚
像是走路一样
躲过了各处的枝叶
各处的草,不响。

  单是流水,不断的在山谷上
  石头的心,石头的口在唱。

均匀的一片静,罩下

像张软垂的幔帐。

疑问不见了,四角里

模糊,是梦在窥探?

夜像在祈祷,无声的在期望

幽馥的虔诚在无声里布漫。

阅读心得

这首诗写的是作者在山中度过一个夏夜的感受。

这感受里,首先是深深的暗。在第一节里,作者通过明暗的对比来突出夏夜的暗,周围全是黑暗,只有对山的两盏孤灯是亮的,明暗的对比,更突出夜的暗。

其次是静。第二节里,作者用以动衬静的手法写夏夜的静寂。夜风吹过草树,无声,在这静寂里,只有溪水流动发出的声响。也正因了这溪水的流动之声,更是衬托了夜的寂静。

最后,是精神的升华。在这样的静寂和黑暗里,大自然的神秘超越了一切,"疑问不见了",只剩下对神秘大自然的一片虔诚之心。心灵在这样的环境里得以洗涤,精神也得到升华。

写作借鉴

诗中,作者运用了以明衬暗和以动衬静的手法来写夏夜。

第一节里,四周全是黑暗,只有两盏孤灯是亮的,明暗的对比,更突出夜的暗。第二节里,作者用以动衬静的手法写夏夜的静寂。黑夜无声,只能听到溪水流动发出的声响。流水声音越大,则周围的环境越寂静。

深 笑

名师导读....

　　笑，是一种表情，心情愉快时展露微笑；笑，也是一种态度，以乐观的心态面对苦难。笑的种类千千万，古往今来对笑的描写数不胜数。林徽因是一个爱写笑的人，接下来让我们来看一看她笔下的"笑"是什么样的吧。

是谁笑得那样甜，那样深，

那样圆转？一串一串明珠

大小闪着光亮，迸出天真！

清泉底浮动，泛流到水面上，

　　灿烂，

分散！

是谁笑得好花儿开了一朵？

那样轻盈，不惊起谁。

细香无意中，随着风过，

拂在短墙，丝丝在斜阳前

　　挂着

留恋。

是谁笑成这百层塔高耸，

让不知名鸟雀来盘旋？是谁

笑成这万千个风铃的转动，

从每一层琉璃的檐边

　摇上

云天？

阅读心得

　　本诗中作者描写了三种笑。第一节，作者用"清泉"作比，写笑的甜、灿烂，一如从深处涌现的泉水。这样的笑，又如闪着光亮的明珠，是天真的笑。第二节，写笑的"轻盈"。作者把笑比作绽开的花儿，轻盈中透着细香。待到繁花开尽，只剩花瓣依然挂在枝头，轻盈，留恋。第三节，写笑声的"灵动"。"百层高塔""风铃转动"，既是笑声的灵动，也是空间的无限拓展。

　　三种笑的描写，在意象的选用上，都是中国古典诗歌的常用意象，使得这首诗充满古典韵味。

写作借鉴

　　这首诗很好地贯彻了新月派所提倡的"三美"。

　　每节诗都由"是谁"开头，层层叠叠，反复咏唱。每节六行，诗句由长到短，每节皆是如此。可谓"建筑美"。

　　全诗一共三节，每节最后一字"散""恋""天"，皆押韵。可谓"音乐美"。

　　"好花儿……那样轻盈""丝丝在斜阳前""百层塔""鸟雀来盘旋""万千个风铃的转动"等描写，具体可感，既引起人们美好的联想，又充满画面感。可谓"绘画美"。

风　筝

名师导读...

"草长莺飞二月天,拂堤杨柳醉春烟。儿童散学归来早,忙趁东风放纸鸢。"纸鸢,也就是风筝。在古人笔下,风筝经常与童趣联系在一起。在这首诗里,作为新时代的女性,林徽因却赋予了风筝不同的内涵。

看,那一点美丽

会闪到天空!

几片颜色,

挟住双翅,

心,缀一串红。

飘摇,它高高的去,

逍遥在太阳边

太空里闪

一片小脸,

但是不,你别错看了

错看了它的力量,

天地间认得方向!

它只是

轻的一片，

一点子美

像是希望，又像是梦；

一长根丝牵住

天穹，渺茫——

高高推着它舞去，

白云般飞动，

它也猜透了不是自己，

它知道，知道是风！

阅读心得

《红楼梦》里有一回叫作"林黛玉重建桃花社，史湘云偶填柳絮词"，怡红院里的众人，面对同样的歌咏对象——柳絮，却写出了内涵各异的柳絮词。其中，薛宝钗所作《临江仙》中有一句道"好风凭借力，送我上青云"，可以作为这首诗的注解。

这首诗里的风筝和薛宝钗所咏的柳絮一样都是无根之物，它们之所以能够翱翔九天，都是靠了大风的推送之力。但是，对于这样的无根无力之物，胸有识见的人却能把它吟诵得别有一番气象。

风筝，在林徽因的笔下，是美丽的，轻盈的，"一点美丽""一点子美""一串红"等词句，都是对风筝外形的赞美。"闪""挟""逍遥""舞""飞"等动词，也都充满了力量感。在这里，风筝是希望的代表，也是梦的象征。

此外，风筝又是清醒的，它决不盲目，它认得方向；它也决不自大，它知道"不是自己""知道是风"。

整首诗中，风筝的形象是正面的、积极的、拼搏的，它象征着希望。风筝的翱翔九霄,正是对梦想的拼搏。

写作借鉴

这首诗值得我们学习的地方在于——当我们面对一个陈旧的常见的题材时,如何做到另辟蹊径,推陈出新。

首先,最重要的是我们要能够独具慧眼,从常见的体裁中挖掘出新的内涵。柳絮,本是无根之物,何去何从,全凭大风吹拂,它的命运是不能由自己主宰的。可薛宝钗偏能从积极的方向出发,写出"好风凭借力,送我上青云"这样充满力量感的词句。风筝,它的命运全被一根细线掌握,能够飞向蓝天也是靠着风的助力,想来是充满无力感的吧。可林徽因却赋予风筝"希望""梦想"的内涵。这二人都能从常见的题材中挖掘出新的内涵,从而写出让人眼前一亮的诗句。

唐朝的韩愈写诗有一个主张,叫作"陈言务去",即不要写别人写过的东西。别人写过的,后人无论怎么写,都会有模仿的嫌疑。所以,推陈出新的另外一个方法就是从别人没有写过的角度去写,这样也可以避免与他人的文章相似。

掌握了以上两点,相信你的文章也可以令人耳目一新。

记 忆

断续的曲子,最美或最温柔的

夜,带着一天的星。

记忆的梗上,谁不有

两三朵娉婷,披着情绪的花

无名的展开

野荷的香馥,

每一瓣静处的月明。

湖上风吹过,额发乱了,或是

水面皱起像鱼鳞的锦。

四面里的辽阔,如同梦

荡漾着中心彷徨的过往

不着痕迹,谁都

认识那图画,

沉在水底记忆的倒影!

阅读心得

这首关于记忆的诗共分两节，我们也分两节展开论述。

第一节，写的是美好记忆的时刻。"曲子""夜""星"，三种美好的意象，正照应后文"两三朵娉婷"，是记忆中的美好时刻。"野荷""月明"都指向美好的记忆。

第二节，写勾起我们美好记忆的媒介。记忆一般隐藏在我们的脑海中，它不会自动显现出来，需要一定的媒介来触发。这种媒介可能是"湖上风""吹乱的发""波纹"，抑或是这三个意象营造的场景，总之它是勾起记忆的媒介。面对同样的场景，不同的人会有不同的记忆，但都被勾起记忆却是相同的。

写作借鉴

这首诗中，比喻的用法十分精妙。

"记忆的梗上，谁不有／两三朵娉婷"，短短的一句话，里面便有两个比喻。首先，"记忆的梗上"，这里把记忆比作一根枝条。其次，"两三朵娉婷"，把美好的记忆时刻比喻成美丽的花朵。这里的"娉婷"是借代，代指美丽的花。两个比喻合起来，也能成为有机的整体，即谁都有记忆中的美好时刻，就像每一根枝条上都有两三朵美丽的花，生动，贴切，能引起人们的美好联想。这样精妙的比喻，在林徽因的诗中比比皆是，可见作者深厚的写作功底。

黄昏过泰山

名师导读....

"会当凌绝顶，一览众山小。"泰山为五岳之尊，古往今来咏泰山的人不计其数。泰山，以其独特的美吸引着文人墨客们，让他们在泰山留下许多诗篇。这首诗，则写了林徽因两次过泰山的不同感受。

记得那天

心同一条长河，

让黄昏来临，

月一片挂在胸襟。

如同这青黛山，

今天，

心是孤傲的屏障一面；

葱郁，

不忘却晚霞，

苍莽，

却听脚下风起，

来了夜——

阅读心得

心境往往决定着我们对外界的体察与感受。作者两次经过泰山,心境迥异,因此泰山在作者眼中也不一样了。

前五句,是作者对"那天"的回忆。"心同一条长河""月一片挂在胸襟",都是博大的意象,表示此时的作者有一个宽广开放的胸怀。"让黄昏来临",此时的作者是以一种迎接的姿态来面对黄昏的。总的来说,这时的作者心态积极、开放、乐观。

从"今天"往下,是写作者又一次经过泰山时的感受。"孤傲的屏障",此时作者可能经历了一些事,因此给自己的心设下一道屏障。"晚霞",似带有暮气,"却听脚下风起,来了夜",此处对于"夜"的到来是没有预料的,不像之前是以迎接的态度来面对的。总的来说,第二次过泰山,作者经历过沧桑,心态已不似少年时,更多的是一种谨慎、疏离、沧桑。

年龄不同,际遇不同,对同一事物的感受也会不同。此诗与宋代词人蒋捷所作的《虞美人·听雨》有异曲同工之妙。

写作借鉴

这首诗写诗人两次经过泰山时,因为心境、年龄、际遇的不同,所以对泰山的感受也不一样。我们可以学习这样的写法,即试着在不同的心情条件下,描写同一样事物。比如,写一道菜,心情好的时候,吃到嘴里是什么感觉;心情不好的时候又会是什么样的感觉。又比如,去游乐场,是高高兴兴地去玩,还是被家长批评一顿之后心情糟糕地去玩,两种心态下的游乐场肯定会不一样。

如果再进一步要求,就是把这两种心情合并到同一篇文章中,这样会让你的文章更富有内涵。

静　坐

　　冬有冬的来意,

　　寒冷像花,——

　　花有花香,冬有回忆一把。

　　一条枯枝影,青烟色的瘦细,

　　在午后的窗前拖过一笔画;

　　寒里日光淡了,渐斜……

　　就是那样地

　　像待客人说话

　　我在静沉中默啜着茶。

阅读心得

　　这首诗写的是作者在冬日的午后临窗静坐,感受光阴的变化。全诗写得很淡,用笔简单,看不出明显的情绪,可以当作中国古典诗歌里的“闲适诗”来看。

　　开头的描写非常客观,只是客观描述“冬有回忆一把”,看不出作者的主观投射。中间三行，不过是交代了一条枯枝的影子随着日光的变化而变化，中间透露时间的流逝。最后，写作者静坐时的感受，"像待客人说话"，作者只是保持"静沉"。

写作借鉴

读这首诗，我们要在感受作者恬淡诗思的同时，领会其中侧面描写手法的运用。

"一条枯枝影，青烟色的瘦细，/在午后的窗前拖过一笔画；/寒里日光淡了，渐斜"，中间的三行，作者主要是要写时间的流逝，但作者并没有正面展开，而是用侧面描写，通过写日光下的树枝影子的变化，从侧面凸显出时间的流逝，可谓非常巧妙。这种隔着一层的写法，值得我们学习。

十月独行

名师导读....

　　林徽因的诗里喜欢出现月份，如《你是人间的四月天》《八月的忧愁》等，似乎一年四季的每时每刻，都能成为她笔下优美的诗句。十月给作者的感受是怎样的呢？

　　像个灵魂失落在街边，
　　我望着十月天上十月的脸，
　　我向雾里黑影上涂热情
　　悄悄的看一团流动的月圆。

　　我也看人流着流着过去，来回
　　黑影中冲着波浪翻星点
　　我数桥上栏杆龙样头尾
　　像坐一条寂寞船，自己拉纤。

　　我像哭，像自语，我更自己抱歉！
　　自己焦心，同情，一把心紧似琴弦，——
　　我说哑的，哑的琴我知道，一出曲子
　　未唱，幻望的手指终未来在上面？

阅读心得

诗的开头,作者隐藏了主体,以喻体"灵魂"开始,别具一格。"失落"二字,奠定全诗感情基调。接下来,作者把月亮比作人脸,向黑影上涂热情,透露作者内心的童真。

中间四句,作者以"独行者"的角度旁观世间百态。同时,这旁观中还有作者自己的思考,"寂寞船,自己拉纤",这里面有一种深深的孤独感。

最后四句,可以看作对前面内容的总结。作者在这一节中,显露出矛盾的心理。像哭还是像自语,心情绷紧似琴弦,却始终没有勇气拨动——"幻望的手指"没有停在上面。

整体来看,全诗的情绪是低沉的,作者的苦闷和焦虑无处排解。

写作借鉴

这首诗从结构上看,一共十二行,每四行可以看作一个小节。其中,韵脚为"边""脸""圆""点""纤""欢""弦""面",押韵,有一种美妙的韵律感。

从手法上看,作者运用多种修辞手法,如比喻,把月亮比作脸,新奇有趣;把自己难以言说的苦闷心情比作哑的琴,化抽象为具体,清晰可感。

时　间

名师导读...

　　时间最是无情,它可以把沧海变为桑田,坚石化作砂粒,青丝变成白发。世间的一切在时间面前都变得脆弱无比,古往今来,文人墨客为此写下无数的诗篇,发出无边的追问。这首诗里,林徽因为我们描绘了她对时间的体悟。

　　人间的季候永远不断在转变

　　春时你留下多处残红,翩然辞别,

　　本不想回来时同谁叹息秋天!

　　现在连秋云黄叶又已失落去

　　辽远里,剩下灰色的长空一片

　　透彻的寂寞,你忍听冷风独语?

阅读心得

　　中国古典文学里有“伤春悲秋”的主题。“伤春”是因为春天美好而短暂,美好事物的逝去总是容易引发我们的悲伤,一如我们已逝的青春年华。“悲秋”则主要是因为秋天的季候特征,秋风一起,天气随之变凉,动物南迁,树叶飘零,种种的变化,都在牵动着人们敏感的内心,正如到了晚年的人们,因此便有"悲秋"的主题。

　　这首诗也是如此。第一节主要是"伤春","季候"作为诗人的吟诵对象,具有无情冷酷的特点,"残红"即落花,是春天将逝的象征。第二节,树叶已经落去,已是深秋,作者突出了深秋"寂寞"这一特点,并向"季候"发出质问,"你忍听冷风独语?"

写作借鉴

　　这首诗写"伤春悲秋"这一常见主题,选取了"残红""黄叶"这两个最常见但又最经典的意象,取得了良好的表达效果。这可以为我们在描写对象的选取上提供借鉴。我们平时写作的时候,免不了要进行景物的描写,或者场面的塑造,在这种时候,我们要选取的描写对象一定要具有代表性,要能够突出这一场景的特点,一如晚春的落花,深秋的黄叶。不可随意选择,造成杂乱的阅读感受。

　　另外,这首诗里,拟人的用法也相当巧妙。作者把"季候"这一自然事物拟人化,并对其展开追问,在引导读者思考的同时,也取得了很好的表达效果。

去 春

名师导读 . . . .

时间的流逝，亲友的离开，生命的消逝，这些都是人一生不可避免的。作者回到"去年春天"游玩过的地方，景物虽依旧，而人已不在，她的心境也发生了变化。

不过是去年的春天，花香，
红白的相间着一条小曲径，
在今天这苍白的下午，再一次登山
回头看，小山前一片松风
就吹成长长的距离，在自己身旁。

人去时，孔雀绿的园门，白丁香花，
相伴着动人的细致，在此时，
又一次湖冰将解的季候，已全变了画。
时间里悬挂，迎面阳光不来，
就是来了也是斜抹一行沉寂记忆，树下。

阅读心得

开头"不过是去年的春天"，"不过是"三字，透露出浓重的忧伤，表现出时间很短，变化却很大。"苍白的下午"，似乎连天气都失去了它原有的色彩,可见作者心情低沉。"长长的距离",既是走过的距离,也是"人"离开的距离。第一节,交代作者重游故地,心情落寞低沉。

第二节,"孔雀绿的园门""白丁香花",组成一幅动人的画面,那时动人的场景,而今年再来时,已全部变了样。这里的"变了画",主要是因为作者内心世界的反映。因为人不在,这一切对"我"都没有意义,时间不在,阳光不在,就是有阳光,也只不过提醒"我"树下曾有过的记忆。

这是一首故地怀人之诗,全诗充满着落寞与哀伤,读来不免让人生出恻隐之心。

写作借鉴

这首诗里,颜色词的应用是一大亮点。

首先,在场景的营造上,颜色词起到了很大的作用。"红白……相间……小径""孔雀绿""白丁香花",寥寥数笔,色彩强烈,画面感扑面而来。

其次,在感情表达上,颜色词也起了很大作用。"苍白的下午",下午,本是不能用颜色来形容的,我们可以用温度、时间来描写下午,但无法说出下午的颜色。作者在这里用"苍白"这个颜色词来描写下午,看似不合常理,读来却不觉得突兀,反而一下就让读者捕捉到了作者低落的情绪,可谓神妙异常。

运用好颜色词,可以为我们的文章增色。

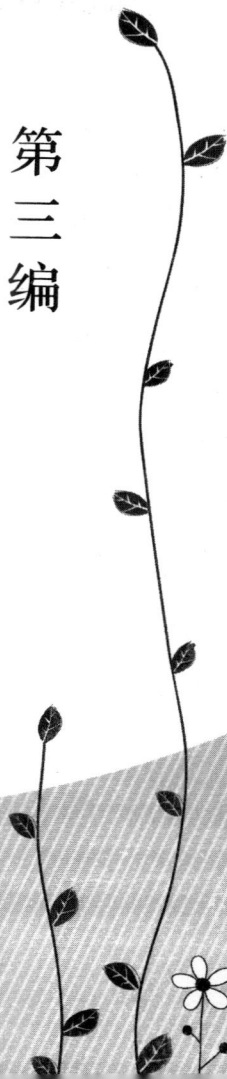

第三编 一片阳光

一片阳光

名师导读....

对常人而言，一片阳光并不会有什么特别，可对林徽因来说，却有着独特的意味。这简单的一片阳光，可以引起作者的诗意，还可以引起作者关于人生、关于艺术的种种联想。

【铺垫】

因为放了假，日子松弛下来，所以作者才有时间细细体味那"一片阳光"，为下文做铺垫。

【以动衬静】

这句话运用了以动衬静的手法，因为静，所以泉声、琴音、音调都清晰可闻。用声音来写静，突出环境的寂静。

放了假，春初的日子松弛下来。将午未午时候的阳光，澄黄的一片，由窗槛横浸到室内，晶莹的四处射。我有点发怔，习惯地在沉寂中惊讶我的周围。我望着太阳那湛明的体质，像要辨别它那交织绚烂的色泽，追逐它那不着痕迹的流动。看它洁净的映到书桌上时，我感到桌面上平铺着一种恬静，一种精神上的豪兴，情趣上的闲逸；即或所谓"窗明几净"，那里默守着神秘的期待，漾开诗的气氛。那种静，在静里似可听到那一处琤琮的泉流，和着仿佛是断续的琴声，低诉着一个幽独者自娱的音调。看到这同一片阳光射到地上时，我感到地面上花影浮动，暗香吹拂左右，人随着晌午的光霭花气在变幻，那种动，柔谐婉转有如无声音乐，令人悠然轻快，不自觉的脱落伤愁。至多，在舒扬理智的客观里使我偶一回头，看看过去幼年记忆步履所留的残迹,有点儿惋惜时间;微微怪时间不能保存情绪,保存那一切情绪所曾流连的境界。

倚在软椅上不但奢侈,也许更是一种过失,有闲的过失。但东坡的辩护:"懒者常似静,静岂懒者徒",不是没有道理。如果此刻不倚榻上而"静",则方才情绪所兜的小小圈子便无条件的失落了去!人家就不可惜它,自己却实在不能不感到这种亲密的损失的可哀。

就说它是情绪上的小小旅行吧,不走并无不可,不过走走未始不是更好。归根说,我们活在这世上到底最珍惜一些什么?果真珍惜万物之灵的人的活动所产生的种种,所谓人类文化?这人类文化到底又靠一些什么?我们怀疑或许就是人身上那一撮精神同机体的感觉,生理心理所共起的情感,所激发出的一串行为,所聚敛的一点智慧,——那么一点点人之所以为人的表现。宇宙万物客观的本无所可珍惜,反映在人性上的山川草木禽兽才开始有了秀丽,有了气质,有了灵犀。反映在人性上的人自己更不用说。没有人的感觉,人的情感,即便有自然,也就没有自然的美,质或神方面更无所谓人的智慧,人的创造,人的一切生活艺术的表现!这样说来,谁该鄙弃自己感觉上的小小旅行?为壮壮自己胆子,我们

【引用】
　　引用苏轼的诗句,使文章富有文采,同时增强了文章的说服力。

【反问】
　　反问的语气,加强了作者要表达的意思,即谁都不应该鄙弃自己感觉上的小小旅行。

更该相信唯其人类有这类情绪的驰骋，实际的世间才赓续着产生我们精神所寄托的文物精萃。

此刻我竟可以微微一咳嗽，乃至于用播音的圆润口调说：我们既然无疑的珍惜文化，即尊重盘古到今种种的艺术——无论是抽象的思想的艺术，或是具体的驾驭天然材料另创的非天然形象——则对于艺术所由来的渊源，那点点人的感觉，人的情感智慧（通称人的情绪），又当如何的珍惜才算合理？

但是情绪的驰骋，显然不是诗或画或任何其他艺术建造的完成。这驰骋此刻虽占了自己生活的若干时间，却并不在空间里占任何一个小小位置！这个情形自己需完全明了。此刻它仅是一种无踪迹的流动，并无栖身的形体。它或含有各种或可捉摸的质素，但是好奇地探讨这个质素而具体要表现它的差事，无论其有无意义，除却本人外，别人是无能为力的。我此刻为着一片清婉可喜的阳光，分明自己在对内心交流变化的各种联想发生一种兴趣的注意，换句话说，这好奇与兴趣的注意已是我此刻生活的活动。一种力量又迫着我来把握住这个活动，而设法表现它，这不易抑制的冲动，或即所谓艺术冲动也未可知！只记得冷静的杜工部散散步，看看花，也不免会有"江上被花恼不彻，无处告诉只颠狂"的情

【过渡段】
　　起承上启下的作用。上文写到，人类文化的渊源在于人身上的一点点情感智慧，下文则交代我们要合理地珍惜这些能带来文化的情感智慧。

【引用】
　　引用杜甫的诗句，使文章富有文采，又增强了文章的说服力。

绪上一片紊乱！玲珑煦暖的阳光照人面前,那美的感人力量就不减于花,不容我生硬的自己把情绪分划为有闲与实际的两种,而权其轻重,然后再决定取舍的。我也只有情绪上的一片紊乱。

情绪的旅行本偶然的事,今天一开头并为着这片春初晌午的阳光,现在也还是为着它。房间内有两种豪侈的光常叫我的心绪紧张如同花开,趁着感觉的微风,深浅零乱于冷智的枝叶中间。一种是烛光,高高的台座,长垂的蜡泪,熊熊红焰当帘幕四下时各处光影掩映。那种闪烁明艳,雅有古意,明明是画中景象,却含有更多诗的成分。另一种便是这初春晌午的阳光,到时候有意无意的大片子洒落满室,那些窗槛栏板几案笔砚浴在光蔼中,一时全成了静物图案;再有红蕊细枝点缀几处,室内更是轻香浮溢,叫人俯仰全触到一种灵性。

这种说法怕有点会发生误会,我并不说这片阳光射入室内,需要笔砚花香那些儒雅的托衬才能动人,我的意思倒是:室内顶寻常的一些供设,只要一片阳光这样又幽娴又洒脱的落在上面,一切都会带上另一种动人的气息。

这里要说到我最初认识的一片阳光。那年我六岁,记得是刚刚出了水珠以后——水珠即寻常水痘,不过我家乡的话叫它做水珠。当时我很喜

【比喻】

这句话运用了比喻的修辞手法,把感觉比作微风,把冷智比作枝叶,把思绪的飘动、感觉的浮动比作枝叶间拂过的微风,化抽象为具体,使表达清晰可感。

【场景描写】

作者为我们描绘了一幅富有诗意的场景,静谧而美好。

【插叙】

写作者回忆自己第一次感受到阳光的奇妙。

欢那美丽的名字,忘却它是一种病,因而也觉到一种神秘的骄傲。只要人过我窗口问问出"水珠"么? 我就感到一种荣耀。那个感觉至今还印在脑子里。也为这个缘故,我还记得病中奢侈的愉悦心境。虽然同其他多次的害病一样,那次我仍然是孤独的被囚禁在一间房屋里休养的。那是我们老宅子里最后的一进房子;白粉墙围着小小院子,北面一排三间,当中夹着一个开敞的厅堂。我病在东头娘的卧室里。西头是姊姊的住房。娘同姊永远要在祖母的前院里行使她们女人们的职务的,于是我常是这三间房屋唯一留守的主人。

【环境描写】
对居住环境的描写,突出了大和空的特点,为下文"我"的寂寞无聊做铺垫。

在那三间屋子里病着,那经验是难堪的。时间过得特别慢,尤其是在日中毫无睡意的时候。起初,我仅集注我的听觉在各种似脚步,又不似脚步的上面。猜想着,等候着,希望着人来。间或听听隔墙各种琐碎的声音,由墙基底下传达出来又消敛了去。过一会,我就不耐烦了——不记得是怎样的,我就趿着鞋,挨着木床走到房门边。房门向着厅堂斜斜的开着一扇,我便扶着门框好奇地向外探望。

【听觉描写】
这一段话从听觉的角度,描写一个病中儿童的寂寞无聊,她渴望有人相伴,时刻关注着门外的一切动静。

那时大概刚是午后两点钟光景,一张刚开过饭的八仙桌,异常寂寞地立在当中。桌下一片由厅口处射进来的阳光,泄泄融融的倒在那里。一个绝对悄寂的周围伴着这一片无声的金色的晶莹,不知为什么,忽使我六岁孩子的心里起了一次极不平常的振荡。

那里并没有几案花香,美术的布置,只是一张极寻常的八仙桌。如果我的记忆没有错,那上面在不多时间以前,是刚陈列过咸鱼、酱菜一类极寻常俭朴的午餐的。小孩子的心却呆了。或许两只眼睛倒张大一点,四处地望,似乎在寻觅一个问题的答案。<u>为什么那片阳光美得那样动人?</u>我记得我爬到房内窗前的桌子上坐着,有意无意的望望窗外,院里粉墙疏影同室内那片金色和煦绝然不同趣味。顺便我翻开手边娘梳妆用的旧式镜箱,又上下摇动那小排状抽屉,同那刻成花篮形的小铜坠子,不时听雀跃过枝清脆的鸟语。心里却仍为那片阳光隐着一片模糊的疑问。

时间经过二十多年,直到今天,又是这样一泄阳光,一片不可捉摸,不可思议流动的而又恬静的瑰宝,我才明白我那问题是永远没有答案的。事实上仅是如此:一张孤独的桌,一角寂寞的厅堂。一只灵巧的镜箱,或窗外断续的鸟语,和水珠——那美丽小孩子的病名——便凑巧永远同初春静沉的阳光整整复斜斜的成了我回忆中极自然的联想。

阅读心得

　　作者通过午后的一片阳光，引申到对艺术和文化的思考上。文章以初春午后的一片阳光起笔，由此引发许多思绪。而后作者不安起来，因为时间在悄然流逝。随即作者体悟到这种流连的思绪，正是人类文化得以发生的渊源。最后作者回忆童年旧事，再次提及一片阳光对她非同寻常的意义。

　　从这篇文章中，我们多少可以看到林徽因作为一位文人对文化和创作的思考。一片阳光，本是自然界最普通不过的事物，却偏偏能引发作者的诗意。文章告诉我们，正是人身上这种独特的情感智慧，人类才有别于世间其他的万物，而人类文化也因这一点点的情感智慧才得以产生。人类多少伟大文化，最初都是源自这类"情绪的驰骋"。

　　林徽因这篇文章，既是她对文化艺术的理解，也是她对艺术的追求。文章整体风格飘逸空灵，婉约宁静，具有诗的美感。

写作借鉴

　　这篇文章，有很多值得我们学习的地方。首先是以动衬静手法的运用。诗中说"鸟鸣山更幽"，正是用声音衬托出环境的清幽。作者写到泉水流动的声音，同样起到以动衬静的效果。其次，环境描写及插叙的运用。作者在文中插入了一段自己童年时对阳光的初次体验，同时交代了自己对一片阳光情有独钟的原因，使文章的叙述更加完整。写到居住环境时，作者的描述是带有目的性的，她的描述主要集中在房子的大和空上，这为下文"我"的寂寞无聊埋下伏笔，增加了文章的条理性。也只有这样的环境描写，情感表达才不会显得空泛。

悼 志 摩

名师导读...

1931 年 11 月 19 日,徐志摩搭乘飞机从南京北上,由于大雾原因,飞机触山坠毁,徐志摩遇难。两星期后林徽因写下这篇文章,全文以真挚的感情回忆了徐志摩生前的许多事迹,表达了对他深深的怀念。

十一月十九日我们的好朋友,许多人都爱戴的新诗人,徐志摩突兀的,不可信的,惨酷的,在飞机上遇险而死去。这消息在二十日的早上像一根针刺猛触到许多朋友的心上,顿使那一早的天墨一般地昏黑,哀恸的咽哽锁住每一个人的嗓子。

志摩……死……谁曾将这两个句子联在一处想过!他是那样活泼的一个人,那样刚刚站在壮年的顶峰上的一个人。朋友们常常惊讶他的活动,他那像小孩般的精神和认真,谁又会想到他死?

突然的,他闯出我们这共同的世界,沉入永远的静寂,不给我们一点预告,一点准备,或是一个最后希望的余地。这种几乎近于忍心的决绝,那一天不知震麻了多少朋友的心?现在那不能否认的事实,仍然无情地挡住我们前面。任凭我们多苦楚的哀悼他的惨死,多迫切的希冀能够仍然接触到他原来的音容,事实是不会为体贴我们这悲念而有些须更改;而他也再不会为不忍我们这伤悼而有些须活动的可能！这难堪的永远静寂和消沉便是死的最残酷处。

我们不迷信的，没有宗教的望着这死的帷幕，更是丝毫没有把握。张开口我们不会呼吁，闭上眼不会入梦，徘徊在理智和情感的边沿，我们不能预期后会，对这死，我们只是永远发怔，吞咽枯涩的泪，待时间来剥削这哀恸的尖锐，痂结我们每次悲悼的创伤。那一天下午初得到消息的许多朋友不是全跑到胡适之先生家里么？但是除去拭泪相对，默然围坐外，谁也没有主意，谁也不知有什么话说，对这死！

谁也没有主意，谁也没有话说！事实不容我们安插任何的希望，情感不容我们不伤悼这突兀的不幸，理智又不容我们有超自然的幻想！默然相对，默然围坐……而志摩则仍是死去没有回头，没有音讯，永远地不会回头，永远地不会再有音讯。

我们中间没有绝对信命运之说的，但是对着这不测的人生，谁不感到惊异，对着那许多事实的痕迹又如何不感到人力的脆弱，智慧的有限。世事尽有定数？世事尽是偶然？对这永远的疑问我们什么时候能有完全的把握？

在我们前边展开的只是一堆坚质的事实：

"是的，他十九晨有电报来给我……

"十九早晨，是的！说下午三点准到南苑，派车接……

"电报是九时从南京飞机场发出的……

"刚是他开始飞行以后所发……

"派车接去了，等到四点半……说飞机没有到……

"没有到……航空公司说济南有雾……很大……"只是一个

钟头的差别；下午三时到南苑，济南有雾！谁相信就是这一个钟头中便可以有这么不同事实的发生，志摩，我的朋友！

他离平的前一晚我仍见到，那时候他还不知道他次晨南旅的，飞机改期过三次，他曾说如果再改下去，他便不走的。我和他同由一个茶会出来，在总布胡同口分手。在这茶会里我们请的是为太平洋会议来的一个柏雷博士，因为他是志摩生平最爱慕的女作家曼殊斐儿的姊丈，志摩十分的殷勤；希望可以再从柏雷口中得些关于曼殊斐儿早年的影子，只因限于时间，我们茶后匆匆地便散了。晚上我有约会出去了，回来时很晚，听差说他又来过，适遇我们夫妇刚走，他自己坐了一会儿，喝了一壶茶，在桌上写了些字便走了。我到桌上一看：——

"定明早六时飞行，此去存亡不卜……"我怔住了，心中一阵不痛快，却忙给他一个电话。

"你放心，"他说，"很稳当的，我还要留着生命看更伟大的事迹呢，哪能便死？……"

话虽是这样说，他却是已经死了整两周了！

凡是志摩的朋友，我相信全懂得，死去他这样一个朋友是怎么一回事！

现在这事实一天比一天更结实，更固定，更不容否认。志摩是死了，这个简单惨酷的实际早又添上时间的色彩，一周，两周，一直的增长下去……

我不该在这里语无伦次的尽管呻吟我们做朋友的悲哀情绪。归根说，读者抱着我们文字看，也就是像志摩的请柏雷一样，要从我们口里再听到关于志摩的一些事。这个我明白，只怕我不能使你们满意，因为关于他的事，动听的，使青年人知道这里有个不可多得的人格存在的，实在太多，绝不是几千字可以表达得完。谁也得承认像他这样的一个人世间便不轻易有几个的，无论在中国或是外国。

我认得他，今年整十年，那时候他在伦敦经济学院，尚未去康桥。我初次遇到他，也就是他初次认识到影响他迁学的狄更生先生。不用说他和我父亲最谈得来，虽然他们年岁上差别不算少，一见面之后便互相引为知己。他到康桥之后由狄更生介绍进了皇家学院，当时和他同学的有我姊丈温君源宁。一直到最近两个月中源宁还常在说他当时的许多笑话，虽然说是笑话，那也是他对志摩最早的一个惊异的印象。志摩认真的诗情，绝不含有丝毫矫伪，他那种痴，那种孩子似的天真实能令人惊讶。源宁说，有一天他在校舍里读书，外边下起了倾盆大雨——唯是英伦那样的岛国才有的狂雨——忽然他听到有人猛敲他的房门，外边跳进一个被雨水淋得全湿的客人。不用说他便是志摩，一进门一把扯着源宁向外跑，说"快来我们到桥上去等着"。这一来把源宁怔住了，他问志摩等什么在这大雨里。志摩睁大了眼睛，孩子似的高兴地说"看雨后的虹去"。源宁不止说他不去，并且劝志摩趁早将湿透的衣服换下，再穿上雨衣出去，英国的湿气岂是儿戏，志摩不等他说完，一溜烟地自己跑了！

以后我好奇地曾问过志摩这故事的真确，他笑着点头承认这全段故事的真实。我问：那么下文呢，你立在桥上等了多久，并且看到虹了没有？他说记不清，但是他居然看到了虹。我诧异地打断他对那虹的描写，问他：怎么他便知道，准会有虹的。

他得意地笑答我说："完全诗意的信仰！"

"完全诗意的信仰"，我可要在这里哭了！也就是为这"诗意的信仰"他硬要借航空的方便达到他"想飞"的夙愿！"飞机是很稳当的，"他说，"如果要出事那是我的运命！"他真对运命这样完全诗意的信仰！

志摩我的朋友，死本来也不过是一个新的旅程，我们没有到过的，不免过分地怀疑，死不定就比这生苦，"我们不能轻易断定那一边没有阳光与人情的温慰"，但是我前边说过最难堪的是这永远的静寂。我们生在这没有宗教的时代，对这死实在太没有把握了。这以后许多思念你的日子，怕要全是昏暗的苦楚，不会有一点点光明，除非我也有你那美丽的诗意的信仰！

我个人的悲绪不竟又来扰乱我对他生前许多清晰的回忆，朋友们原谅。

诗人的志摩用不着我来多说，他那许多诗文便是估价他的天平。我们新诗的历史才是这样的短，恐怕他的判断人尚在我们儿孙辈的中间。我要谈的是诗人之外的志摩。人家说志摩的为人只是不经意的浪漫，志摩的诗全是抒情诗，这断语从不认识他的人听来可以说很公平，从他朋友们看来实在是对不起他。志摩是个很古怪的人，浪漫固然，但他人格里最精华的却是他对人的同情，和蔼，和优容；没有一个人他对他不和蔼，没有一种人，他不能优容，没有一种的情感，他绝对地不能表同情。我不说了解，因为不是许多人爱说志摩最不解人情么？我说他的特点也就在这上头。

我们寻常人就爱说了解；能了解的我们便同情，不了解的我们便很落寞乃至于酷刻。表同情于我们能了解的,我们以为很适当;不表同情于我们不能了解的,我们也认为很公平。志摩则不然,了解与不了解,他并没有过分地夸张,他只知道温存,和平,体贴,只要他知道有情感的存在,无论出自何人,在何等情况下,他理智上认为适当与否,他全能表几分同情,他真能体会原谅他人与他自己不相同处。从不会刻薄地单支出严格的迫仄的道德的天平指摘凡是与他不同的人。他这样的温和,这样的优容,真能使许多人惭愧,我可以忠实地说,至少他要比我们多数的人伟大许多;他觉得人类各种的情感动作全有它不同的,价值放大了的人类的眼光,同情是不该只限于我们划定的范围内。他是对的,朋友们,归根说,我们能够懂得几个人,了解几桩事,几种情感?哪一桩事,哪一个人没有多面的看法!为此说来志摩朋友之多,不是个可怪的事;凡是认得他的人不论深浅对他全有特殊的感情,也是极自然的结果。而反过来看他自己在他一生的过程中却是很少得着同情的。不止如是,他还曾为他的一点理想的愚诚几次几乎不见容于社会。但是他却未曾为这个而鄙吝他给他人的同情心,他的性情,不曾为受了刺激而转变刻薄暴戾过,谁能不承认他几有超人的宽量。

志摩的最动人的特点,是他那不可信的纯净的天真,对他的理想的愚诚,对艺术欣赏的认真,体会情感的切实,全是难能可贵到极点。他站在雨中等虹,他甘冒社会的大不韪争他的恋爱自由;他坐曲折的火车到乡间去拜哈代,他抛弃博士一类的引诱卷了书包到英国,只为要拜罗素做老师,他为了一种特异的境遇,一时特异的感动,从此在生命途中冒险,从此抛弃所有的旧业，只是尝试写几行新诗——这几年新诗尝试的运命并不大令人踊跃，冷嘲热骂只是家常便饭——他常能走几里路去采几茎花，费许多周折去看一个朋友说两句话；这些，还有许多，都不是我们寻常能够轻易了解的神秘。我说神秘，其实竟许是傻，是痴！事实上他只是比我们认真，虔诚到傻气，到痴！他愉快起来他的快乐的翅膀可以碰得到天，他忧伤起来，他的悲戚是深得没有底。寻常评价的衡量在他手里失了效用，利害轻重他自有他的看法，纯是艺术的情感的脱离寻常的原则，所以往常人常听到朋友们说到他总爱带着嗟叹的口吻说："那是志摩，你又有什么法子！"他真的是个怪人么？朋友们，不，一点都不是，他只是比我们近情，近理，比我们热诚，比我们天真，比我们对万物都更有信仰，对神，对人，对灵，对自然，对艺术！

朋友们，我们失掉的不止是一个朋友，一个诗人，我们丢掉的是个极难得可爱的人格。

至于他的作品全是抒情的么？他的兴趣只限于情感么？更是不对。志摩的兴趣是极广泛的。就有几件，说起来，不认得他的人便要奇怪。他早年很爱数学，他始终极喜欢天文，他对天上星宿的名字和部位就认得很多，最喜暑夜观星，好几次他坐火车都是带着关于宇宙的科学的书。他曾经译过爱因斯坦的相对论，并且在一九二二年便写过一篇关于相对论的东西登在《民铎》杂志上。他常向思成说笑："任公先生的相对论的知识还是从我徐君志摩大作上得来的呢，因为他说他看过许多关于爱因斯坦的哲学都未曾看懂，看到志摩的那篇才懂了。"今夏我在香山养病，他常来闲谈，有一天谈到他幼年上学的经过和美国克莱克大学两年学经济学的景况，我们不禁对笑了半天，后来他在他的《猛虎集》的"序"里也说了那么一段。可是奇怪的！他不像许多天才，幼年里上学，不是不及格，便是被斥退，他是常得优等的，听说有一次康乃尔暑校里一个极严的经济教授还写了信去克莱克大学教授那里恭维他的学生，关于一门很难的功课。我不是为志摩在这里夸张，因为事实上只有为了这桩事，今夏志摩自己便笑得不亦乐乎！

此外他的兴趣对于戏剧绘画都极深浓，戏剧不用说，与诗文是那么接近，他领略绘画的天才也颇可观，后期印象派的几个画家，他都有极精密的爱恶，对于文艺复兴时代那几位，他也很熟悉，他最爱鲍提且利（波提切利）和达文骞（达·芬奇）。自然他也常承认文人喜画常是间接地受了别人论文的影响，他的，就受了法兰（Roger Fry）和斐德（Walter Pater）的不少。对于建筑审美他常常对思成和我道歉说："太对不起，我的建筑常识全是Ruskins那一套。"他知道我们是最讨厌Ruskins的。但是为看一个古建的残址，一块石刻，他比任何人都热心，都更能静心领略。

他喜欢色彩，虽然他自己不会作画，暑假里他曾从杭州给我几封信，他自己叫它们做"描写的水彩画"，他用英文极细致地写出西边桑田的颜色，每一分嫩绿，每一色鹅黄，他都仔细地观察到。又有一次他望着我园里一带断墙半晌不语，过后他告诉我说，他正在默默体会，想要描写那墙上向晚的艳阳和刚刚入秋的藤萝。

对于音乐，中西的他都爱好，不止爱好，他那种热心便唤醒过北京一次——也许唯一的一次——对音乐的注意。谁也忘不了那一年，克拉斯拉到北京在"真光"拉一个多钟头的提琴。对旧剧他也得算"在行"，他最后在北平那几天我们曾接连地同去听好几出戏，回家时我们讨论的热闹，比任何剧评都诚恳都起劲。

谁相信这样的一个人，这样忠实于"生"的一个人，会这样早地永远地离开我们另投一个世界，永远地静寂下去，不再透些许声息！

我不敢再往下写，志摩若是有灵听到比他年轻许多的一个小朋友拿着老声老气的语调谈到他的为人不觉得不快么？这里我又来个极难堪的回忆，那一年他在这同一个的报纸上写了那篇伤我父亲惨故的文章，这梦幻似的人生转了几个弯，曾几何时，却轮到我在这风紧夜深里握笔吊他的惨变。这是什么人生？什么风涛？什么道路？志摩，你这最后的解脱未始不是幸福，不是聪明，我该当羡慕你才是。

阅读心得

　　这篇悼文写于徐志摩去世两个星期之后，既是对他的沉痛悼念，也是对他平生性格特点的回忆。读这篇文章，我们在感受二人之间真挚友情的同时，也能对徐志摩其人有一个深刻的了解。

写作借鉴

　　从这篇文章中，我们可以学到关于人物刻画的一些方法。首先，写人要抓住人物身上最明显的性格特征来写。其次，要通过事情写人，要在具体的事件中，刻画人物形象。

纪念志摩去世四周年

名师导读...

　　四年的时间，作者因徐志摩离去的悲痛内心渐渐沉静下来，在这篇文章中作者更多的是对徐志摩文学成就的探讨。

　　今天是你走脱这世界的四周年！朋友，我们这次拿什么来纪念你？前两次的用香花感伤的围上你的照片，抑住嗓子底下叹息和悲哽，朋友和朋友无聊地对望着，完成一种纪念的形式，俨然是愚蠢的失败。因为那时那种近于伤感，而又不够宗教庄严的举动，除却点明了你和我们中间的距离，生和死的间隔外，实在没有别的成效；几乎完全不能达到任何真实纪念的意义。

　　去年今日我意外地由浙南路过你的家乡，在昏沉的夜色里我独立火车门外，凝望着那幽暗的站台，默默地回忆许多不相连续的过往残片，直到生和死间居然幻成一片模糊，人生和火车似的蜿蜒一串疑问在苍茫间奔驰。我想起你的：

> 火车禽住轨，在黑夜里奔
>
> 过山，过水，过……

如果那时候我的眼泪曾不自主地溢出睫外，我知道你定会原谅我的。你应当相信我不会向悲哀投降，什么时候我都相信倔强的忠于生的，即使人生如你底下所说：

> 就凭那精窄的两道，算是轨，
>
> 驮着这份重，梦一般的累坠！

就在那时候我记得火车慢慢地由站台拖出，一程一程的前进，我也随着酸怆的诗意，那"车的呻吟"，"过荒野，过池塘，……过噤口的村庄"。到了第二站——我的一半家乡。

今年又轮到今天这一个日子！世界仍旧一团糟，多少地方是黑云布满着粗筋络往理想的反面猛进，我并不在瞎说，当我写：

> 信仰只一细炷香，
>
> 那点子亮再经不起西风
>
> 沙沙的隔着梧桐树吹

朋友，你自己说，如果是你现在坐在我这位子上，迎着这一窗太阳：眼看着菊花影在墙上描画作态；手臂下倚着两叠今早的报纸；耳朵里不时隐隐地听着朝阳门外"打靶"的枪弹声；意识的，潜意识的，要明白这生和死的谜，你又该写成怎样一首诗来，纪念一个死别的朋友？

此时，我却是完全的一个糊涂！习惯上我说，每桩事都像是造物的意旨，归根都是运命，但我明知道每桩事都像有我们自己的影子在里面烙印着！我也知道每一个日子是多少机缘巧合凑拢来拼成的图案，但我也疑问其间的排布谁是主宰。据我看来：死是悲剧的一章，生则更是一场悲剧的主干！我们这一群剧中的角色自身性格与性格矛盾；理智与情感两不相容；理想与现实当面冲突，侧面或反面激成悲哀。日子一天一天向前转,昨日和昨日堆垒起来混成一片不可避脱的背景,做成我们周遭的墙壁或气氲,那么结实又那么缥缈,使我们每一个人站在每一天的每一个时候里都是那么主要,又是那么渺小无能为!

此刻我几乎找不出一句话来说,因为,真的,我只是个完全的糊涂;感到生和死一样的不可解,不可懂。

但是我却要告诉你,虽然四年了你脱离去我们这共同活动的世界,本身停掉参加牵引事体变迁的主力,可是谁也不能否认,你仍立在我们烟涛缥茫的背景里,间接的是一种力量,尤其是在文艺创造的努力和信仰方面。间接的你任凭自然的音韵,颜色,不时的风轻月白,人的无定律的一切情感,悠断悠续的仍然在我们中间继续着生,仍然与我们共同交织着这生的纠纷,继续着生的理想。你并不离我们太远。你的身影永远挂在这里那里,同你生前一样的飘忽,爱在人家不经意时苣止,带来勇气的笑声也总是那么嘹亮,还有,还有经过你热情或焦心苦吟的那些诗,一首一首仍串着许多人的心旋转。

说到你的诗,朋友,我正要正经的同你再说一些话。你不要不耐烦,这话迟早我们总要说清的。人说盖棺定论,前者早已成了事实,这后者在这四年中,说来叫人难受,我还未曾读到一篇中肯或诚实的论评,虽然对你的赞美和攻讦由你去世后一两周间,就纷纷开始了。但是他们每人手里拿的都不像纯文艺的天秤:有的喜欢你的为人;有的疑问你私人的道德;有的单单尊崇你诗中所表现的思想哲学;有的仅喜爱那些软弱的细致的句子;有的每发议论必须牵涉到你的个人生活之合乎规矩方圆,或断言你是轻薄，或引证你是浮奢豪侈！朋友，我知道你从不介意过这些，许多人的浅陋老实或刻薄处你早就领略过一堆，你不止未曾生过气，并且常常表示怜悯同原谅；你的心情永远是那么洁净；头老抬得那么高；胸中老是那么完整的诚挚；臂上老有那么许多不折不挠的勇气。但是现在的情形与以前却稍稍不同，你自己既已不在这里，做你朋友的，眼看着你被误解，曲解，乃至于谩骂，有时真忍不住替你不平。

但你可别误会我心眼儿窄，把不相干的看成重要，我也知道误解曲解谩骂，都是不相干的，但是朋友，我们谁都需要有人了解我们的时候，真了解了我们，即使是痛下针砭，骂着了我们的弱处错处，那整个的我们却因而更增添了意义，一个作家文艺的总成绩更需要一种就文论文，就艺术论艺术的和平判断。

你在《猛虎集》序中说"世界上再没有比写诗更惨的事"，你却并未说明为什么写诗是一桩惨事，现在让我来个注脚好不好？我看一个人一生为着一个愚诚的倾向，把所感受到的复杂的情绪尝味到的生活，放到自己的理想和信仰的锅炉里烧炼成几句悠扬铿锵的语言（哪怕是几声小唱），来满足他自己本能的艺术的冲动，这本来是个极寻常的事，哪一个地方哪一个时代，都不断有这种人。轮着做这种人的多半是为着他情感来的比寻常人浓富敏锐，而为着这情感而发生的冲动更是非实际的——或不全是实际的——追求。而需要那种艺术的满足而已。说起来写诗的人的动机多么简单可怜，正是如你序里所说"我们都是受支配的善良的生灵"！虽然有些诗人因为他们的成绩特别高厚旷阔包括了多数人，或整个时代的艺术和思想的冲动，从此便在人中间披上神秘的光圈，使"诗人"两字无形中挂着崇高的色彩。这样使一般努力于用韵文表现或描画人在自然万物相交错的情绪思想的，便被人的成见看作夸大狂的旗帜，需要同时代人的极冷酷的讥讪和不信任来扑灭它，以挽救人类的尊严和健康。

我承认写诗是惨淡经营，孤立在人中挣扎的勾当，但是因为我知道太清楚了，你在这上面单纯的信仰和诚恳的尝试，为同业者奋斗，卫护他们情感的愚诚，称扬他们艺术的创造，自己从未曾求过虚荣，我觉得你始终是很逍遥舒畅的。如你自己所说"满头血水"你"仍不曾低头"，你自己相信"一点性灵还在那里挣扎"，"还想在实际生活的重重压迫下透出一些声响来"。

简单地说，朋友，你这写诗的动机是坦白不由自主的，你写诗的态度是诚实，勇敢，而倔强的。这在讨论你诗的时候，谁都先得明了的。

至于你诗的技巧问题，艺术上的造诣，在这新诗仍在彷徨歧路的尝试期间，谁也不能坚决的论断。不过有一桩事我想提醒现在论新诗的人，新诗之由于无条件无形制宽泛到几乎没有一定的定义时代，转入这讨论外形内容，以至于音节韵脚章句意象组织等艺术技巧问题的时期，即是根据着对这方面努力尝试过的那一些诗，你的头两个诗集子就是供给这些讨论见解最多材料的根据。外国的土话说"马总得放在马车的前面"，不是？没有一些尝试的成绩放在那里，理论家是不能老在那里发一堆空头支票的，不是？

你自己一向不止在那里倔强的尝试用功，你还曾用尽你所有活泼的热心鼓励别人尝试，鼓励"时代"起来尝试——这种工作是最犯风头嫌疑的,也只有你胆子大头皮硬顶得下来!我还记得你要印诗集子时我替你捏一把汗,老实说还替你在有文采的老前辈中间难为情过,我也记得我初听到人家找你办"晨副"时我的焦急,但你居然板起个脸抓起两把鼓槌子为文艺吹打开路乃至于扫地,铺鲜花,不顾旧势力的非难,新势力的怀疑,你干你的事"事在人为,做了再说"那股子劲,以后别处也还很少见。

现在你走了,这些事渐渐在人的记忆中模糊下来,你的诗和文章也散漫在各小本集子里,压在有极新鲜的封皮的新书后面,谁说起你来,不是麻麻糊糊的承认你是过去中一个势力,就是拿能够挑剔看轻你的诗为本事(散文人家很少提到,或许"散文家"没有诗人那么光荣不值得注意),朋友,这是没法子的事,我却一点不为此灰心,因为我有我的信仰。

我认为我们这写诗的动机既如前边所说那么简单愚诚;因在某一时,或某一刻敏锐的接触到生活上的锋芒,或偶然的触遇到理想峰巅上云彩星霞,不由得不在我们所习惯的语言中,编缀出一两串近于音乐的句子来,慰藉自己,解放自己,去追求超实际的真美,读诗者的反应一定有一大半也和我们这写诗的一样诚实天真,仅想在我们句子中间由音乐性的愉悦,接触到一些生活的底蕴,渗合着美丽的憧憬;把我们的情绪给他们的情绪搭起一座浮桥;把我们的灵感,给他们生活添些新鲜;把我们的痛苦伤心再揉成他们自己忧郁的安慰!

我们的作品会不会长存下去,也就看它们会不会活在那一些我们从不认识的人,我们作品的读者,散在各时,各处互相不认识的孤单的人的心里的,这种事它自己有自己的定律,并不需要我们的关心的。你的诗据我所知道的,它们仍旧在这里浮沉流落,你的影子也就浓淡参差的系在那些诗句中,另一端印在许多不相识人的心里。朋友,你不要过于看轻这种间接的生存,许多热情的人他们会为着你的存在,而加增了生的意识的。伤心的仅是那些你最亲热的朋友们和同兴趣的努力者,你不在他们中间的事实,将要永远是个不能填补的空虚。

你走后大家就提议要为你设立一个"志摩奖金"来继续你鼓励人家努力诗文的素志,勉强象征你那种对于文艺创造拥护的热心,使不及认得你的青年人永远对你保存着亲热。如果这事你不觉到太寒伧不够热气,我希望你原谅你这些朋友们的苦心,在冥冥之中笑着给我们勇气来做这一蠢诚的事吧。

二十四年十一月十九日　北平

阅读心得

文章从哀悼徐志摩离世开始,写到作者因徐志摩的离世和人世的繁杂,开始对生命和死亡都产生了疑惑。之后对他留下的诗文作品在人间遭到的不公正待遇感到不平。最后寄希望于后世的读者能给予公正的评价,同时对徐志摩的大力发展新诗的努力,表示了赞赏和支持。

写作借鉴

本文通篇以第二人称的角度来写,读来有如与挚友对坐而谈,似乎我们自己已化身为徐志摩,在与作者交谈。我们在写文章时,可以根据文体的不同,灵活选择合适的人称。

蛛丝和梅花

 名师导读···

　　在中国古典文学里，梅花傲霜斗雪，是高洁的象征；蛛丝，则常常因为会粘连上许多细碎的东西，而被当作扰人心绪使人烦闷之物。这两种截然不同的东西，竟被林徽因写在一起，到底是何缘由？让我们一起来看看吧。

　　真真地就是那么两根蛛丝，由门框边轻轻地牵到一枝梅花上。就是那么两根细丝，迎着太阳光发亮……再多了，那还像样么。一个摩登家庭如何能容蛛网在光天白日里作怪，管它有多美丽，多玄妙，多细致，够你对着它联想到一切自然，造物的神工和不可思议处；这两根丝本来就该使人脸红，且在冬天够多特别！可是亮亮的，细细的，倒有点像银，也有点像玻璃制的细丝，委实不算讨厌，尤其是它们那么潇洒风雅，偏偏那样有意无意的斜着搭在梅花的枝梢上。

　　你向着那丝看，冬天的太阳照满了屋内，窗明几净，每朵含苞的，开透的，半开的梅花在那里挺秀吐香，情绪不禁迷茫缥缈地充溢心胸，在那刹那的时间中振荡。同蛛丝一样的细弱，和不必需，思想开始抛引出去；由过去牵到将来，意识的，非意识的，由门框梅花牵出宇宙，浮云沧波踪迹不定。是人性，艺术，还是哲学，你也无暇计较，你不能制止你情绪的充溢，思想的驰骋,蛛丝梅花竟然是瞬息可以千里!

好比你是蜘蛛,你的周围也有你自织的蛛网,细致地牵引着天地,不怕多少次风雨来吹断它,你不会停止了这生命上基本的活动。此刻"……一枝斜好,幽香不知甚处,……"

拿梅花来说吧,一串串丹红的结蕊缀在秀劲的傲骨上,最可爱,最可赏,等半绽将开的错落在老枝上时,你便会心跳!梅花最怕开;开了便没话说。索性残了,沁香拂散同夜里炉火都能成了一种温存的凄清。

记起了,也就是说到梅花,玉兰。初是有个朋友说起初恋时玉兰刚开完,天气每天的暖,住在湖旁,每夜跑到湖边林子里走路,又静坐幽僻石上看隔岸灯火,感到好像仅有如此虔诚的孤对一片泓碧寒星远市,才能把心里情绪抓紧了,放在最可靠最纯净的一撮思想里,始不至亵渎了或是惊着那"瘝瘝思服"的人儿。那是极年轻的男子初恋的情景,——对象渺茫高远,反而近求"自我的"郁结深浅,——他问起少女的情绪。

就在这里,忽记起梅花。一枝两枝,老枝细枝,横着,虬着,描着影子,喷着细香;太阳淡淡金色的铺在地板上;四壁琳琅,书架上的书和书签都像在发出言语;墙上小对联记不得是谁的集句;中条是东坡的诗。你敛住气,简直不敢喘息,踮起脚,细小的身形嵌在书房中间,看残照当窗,花影摇曳,你像失落了什么,有点迷惘。又像"怪东风着意相寻",有点儿没主意!浪漫,极端的浪漫。"飞花满地谁为扫?"你问,情绪风似的吹动,卷过,停留在惜花上面。再回头看看,花依旧嫣然不语。"如此娉婷,谁人解看花意",你更沉默,几乎热情的感到花的寂寞,开始怜花,把同情统统诗意的交给了花心!

这不是初恋,是未恋,正自觉"解看花意"的时代。情绪的不同,不止是男子和女子有分别,东方和西方也甚有差异。情绪即使根本相同,情绪的象征,情绪所寄托,所栖止的事物却常常不同。水和星子同西方情绪的联系,早就成了习惯。一颗星子在蓝天里闪,一流冷涧倾泄一片幽愁的平静,便激起他们诗情的波涌,心里甜蜜的,热情的便唱着由那些鹅羽的笔锋散下来的"她的眼如同星子在暮天里闪",或是"明丽如同单独的那颗星,照着晚来的天",或"多少次了,在一流碧水旁边,忧愁倚下她低垂的脸"。

惜花,解花太东方,亲昵自然,含着人性的细致是东方传统的情绪。

此外年龄还有尺寸,一样是愁,却跃跃似喜,十六岁时的,微风零乱,不颓废,不空虚,踮着理想的脚充满希望,东方和西方却一样。人老了脉脉烟雨,愁吟或牢骚多折损诗的活泼。大家如香山,稼轩,东坡,放翁的白发华发,很少不梗在诗里,至少是令人不快。话说远了,刚说是惜花,东方老少都免不了这嗜好,这倒不论老的雪鬓曳杖,深闺里也就攒眉千度。

最叫人惜的花是海棠一类的"春红",那样娇嫩明艳,开过了残红满地,太招惹同情和伤感。但在西方即使也有我们同样的花,也还缺乏我们的廊庑庭院。有了"庭院深深深几许"才有一种庭院里特有的情绪。如果李易安的"斜风细雨"底下不是"重门须闭"也就不"萧条"得那样深沉可爱;李后主的"终日谁来"也一样的别有寂寞滋味。看花更须庭院,深深锁在里面认识,不时还得有轩窗栏杆,给你一点凭借,虽然也用不着十二栏杆倚遍,那么慵弱无聊。

当然旧诗里伤愁太多;一首诗竟像一张美的证券,可以照着市价去兑现!所以庭花,乱红,黄昏,寂寞太滥,诗常失却诚实。西洋诗,恋爱总站在前头,或是"忘掉",或是"记起",月是为爱,花也是为爱,只使全是真情,也未尝不太腻味。就以两边好的来讲;拿他们的月光同我们的月色比,似乎是月色滋味深长得多。花更不用说了;我们的花"不是预备采下缀成花球,或花冠献给恋人的",却是一树一树绰约的,个性的,自己立在情人的地位上接受恋歌的。

所以未恋时的对象最自然的是花,不是因为花而起的感慨,——十六岁时无所谓感慨,——仅是刚说过的自觉解花的情绪,寄托在那清丽无语的上边,你心折它绝韵孤高,你为花动了感情,实说你同花恋爱,也未尝不可,——那惊讶狂喜也不减于初恋。还有那凝望,那沉思……

一根蛛丝!记忆也同一根蛛丝,搭在梅花上就由梅花枝上牵引出去,虽未织成密网,这诗意的前后,也就是相隔十几年的情绪的联络。

午后的阳光仍然斜照,庭院阒然,离离疏影,房里窗棂和梅花依然伴和成为图案,两根蛛丝在冬天还可以算为奇迹,你望着它看,真有点像银,也有点像玻璃,偏偏那么斜挂在梅花的枝梢上。

二十五年新年漫记

阅读心得

蛛丝和梅花，一个凌霜傲寒，是高洁的象征；一个却千丝万缕，代表尘世的纷杂。这差别巨大的蛛丝与梅花却正是她传奇而又诗意的一生的写照。

文章首先从庭院里的蛛丝和梅花说起，它们，引起了作者的思绪。没来由的，作者由梅花想到朋友的初恋，少女的未恋。初恋未恋之时，年轻人自觉解花，此时，花成了他们情绪的寄托。接着，作者思绪继续展开，引申到东西方情绪的差异上，花在东西方的诗里也不一样。最后，古诗里的花是个性的、人性的。

记忆如同蛛丝，连起过往。思绪亦如蛛丝，延伸开去。花载意，意传情，情动人，诗情画意的文字令人回味无穷。

写作借鉴

语言的诗化是本文的一大特点，究其原因有二：一为作者的诗人身份，二为对中国古典诗词的无痕化用。第一点靠自身天分，非学习可得，第二点我们可以学习借鉴。

古诗词的引用，本非难事，只要主题感情一致，都可以引用。难点在于化用无痕。要达到化用无痕的境界，只有多读多用。

首先就是多读。胸有万卷书，下笔自有生气。大量的练习，可以让你的文章更加圆熟。

我们的首都

名师导读····

　　这篇文章主要是介绍北京城的。作者从一位建筑学家的角度，为我们介绍了北京著名的文物建筑，通过阅读这篇文章，我们可以对北京的文物建筑有一个清晰的了解。

中 山 堂

　　我们的首都是这样多方面的伟大和可爱，每次我们都可以从不同的事物来介绍和说明它，来了解和认识它。我们的首都是一个最富于文化建筑的名城；从文物建筑来介绍它，可以更深刻地感到它的伟大与罕贵。下面这个镜头就是我要在这里首先介绍的一个对象。

　　它是中山公园内的中山堂。你可能已在这里开过会，或因游览中山公园而认识了它；你也可能是没有来过首都而希望来的人，愿意对北京有个初步的了解。让我来介绍一下吧，这是一个愉快的任务。

　　这个殿堂的确不是一个寻常的建筑物：就是在这个满是文物建筑的北京城里，它也是极其罕贵的一个。因为它是这个古老的城中员老的一座木构大殿，它的年龄已有五百三十岁了。它是十五世纪二十年代的建筑，是明朝永乐由南京重回北京建都时所造的许多建筑物之一，也是明初工艺最旺盛的时代里，我们可尊敬的无名工匠们所创造的、保存到今天的一个实物。

这个殿堂过去不是帝王的宫殿，也不是佛寺的经堂；它是执行中国最原始宗教中祭祀仪节而设的坛庙中的"享殿"。中山公园过去是"社稷坛"，就是祭土地和五谷之神的地方。

凡是坛庙都用柏树林围绕，所以环境优美，成为现代公园的极好基础。社稷坛全部包括中央一广场，场内一方坛，场四面有短墙和棂星门；短墙之外，三面为神道，北面为享殿和寝殿；它们的外围又有红围墙和美丽的券洞门。正南有井亭，外围古柏参天。

中山堂的外表是个典型的大殿。白石镶嵌的台基和三道石阶，朱漆合抱的并列立柱，精致的门窗，青绿彩画的阑额，由于综错木材所组成的"斗拱"和檐椽等所造成的建筑装饰，加上黄琉璃瓦巍然耸起，微曲的坡顶，都可说是典型的、但也正是完整而美好的结构。它比例的稳重，尺度的恰当，也恰如它的作用和它的环境所需要的。它的内部不用天花顶棚，而将梁架斗拱结构全部外露，即所谓"露明造"的格式。我们仰头望去，就可以看见每一块结构的构材处理得有如装饰画那样美丽，同时又组成了巧妙的图案。当然，传统的青绿彩绘也更使它灿烂而华贵。但是明初遗物的特征是木材的优良（每柱必是整料，且以楠木为主），和匠工砍削榫卯的准确，这些都不是在外表上显著之点，而是属于它内在的品质的。

中国劳动人民所创造的这样一座优美的、雄伟的建筑物，过去只供封建帝王愚民之用，现在回到了人民的手里，它的效能，充分地被人民使用了。一九四九年八月，北京市第一届人民代表会议，就是在这里召开的。两年多来，这里开过各种会议百余次。这大殿是多么恰当地用作各种工作会议和报告的大礼堂！而更巧的是同社稷坛遥遥相对的太庙，也已用作首都劳动人民的文化宫了。

北京市劳动人民文化宫

北京市劳动人民文化宫是首都人民所熟悉的地方。它在天安门的左侧，同天安门右侧的中山公园正相对称。它所占的面积很大，南面和天安门在一条线上，北面背临着紫禁城前的护城河，西面由故宫前的东千步廊起，东面到故宫的东墙根止，东西宽度恰是紫禁城的一半。这里是四百零八年以前（明嘉靖二十三年，一五四四年）劳动人民所辛苦建造起来的一所规模宏大的庙宇。它主要是由三座大殿、三进庭院所组成；此外，环绕着它的四周的，是一片翁郁古劲的柏树林。

这里过去称作"太庙"，只是沉寂地供着一些死人牌位和一年举行几次皇族的祭祖大典的地方。解放以后，一九五〇年国际劳动节，这里的大门上挂上了毛主席亲笔题的匾额——"北京市劳动人民文化宫"，它便活跃起来了。在这里面所进行的各种文化娱乐活动经常受到首都劳动人民的热烈欢迎，以至于这里林荫下的庭院和大殿里经常挤满了人，假日和举行各种展览会的时候，等待入门的行列有时一直排到天安门前。

在这里，各种文化娱乐活动是在一个特别美丽的环境中进行的。这个环境的特点有二：

一、它是故宫中工料特殊精美而在四百多年中又丝毫未被伤毁的一个完整的建筑组群。

二、它的平面布局是在祖国的建筑体系中，在处理空间的方法上最卓越的例子之一。不但是它的内部布局爽朗而紧凑，在虚实起伏之间，构成一个整体，并且它还是故宫体系总布局的一个组成部分，同天安门、端门和午门有一定的关系。如果我们从高处下瞰，就可以看出文化宫是以一个广庭为核心，四面建筑物环抱，北面是建筑的重点。它不单是一座单独的殿堂，而是前后三殿：中殿与后殿都各有它的两厢配殿和前院；前殿特别雄大，有两重屋檐，三层石基，左右两厢是很长的廊庑，像两臂伸出抱拢着前面广庭。南面的建筑很简单，就是入口的大门。在这全组建筑物之外，环绕着两重有琉璃瓦饰的红墙，两圈红墙之间，是一周苍翠的老柏树林。南面的树林是特别大的一片，造成浓荫，和北头建筑物的重点恰相呼应。它们所留出的主要空间就是那个可容万人以上的广庭，配合着两面的廊子。这样的一种空间处理，是非常适合于户外的集体活动的。这也是我们祖国建筑的优良传统之一。这种布局与中山公园中社稷坛部分完全不同，但在比重上又恰是对称的。如果说社稷坛是一个四条神道由中心向外展开的坛（仅在北面有两座不高的殿堂），文化宫则是一个由四面殿堂廊屋围拢来的庙。这两组建筑物以端门前庭为锁钥，和午门、天安门是有机地联系着的。在文化宫里，如果我们由下往上看，不但可以看到北面重格的正殿巍然而起，并且可以看到午门上的五凤楼一角正成了它的西北面背景，早晚云霞，金瓦翠飞，气魄的雄伟，给人极深刻的印象。

故宫三大殿

北京城里的故宫中间，巍然崛起的三座大宫殿是整个故宫的重点，"紫禁城"内建筑的核心。以整个故宫来说，那样庄严宏伟的气魄；那样富于组织性，又富于图画美的体形风格；那样处理空间的艺术；那样的工程技术，外表轮廓，和平面布局之间的统一的整体，无可否认的，它是全世界建筑艺术的绝品，它是一组伟大的建筑杰作，它也是人类劳动创造史中放出异彩的奇迹之一。我们有充足的理由，为我们这"世界第一"而骄傲。

三大殿的前面有两段作为序幕的布局，是值得注意的。第一段，由天安门，经端门到午门，两旁长列的"千步廊"是个严肃的开端。第二段在午门与太和门之间的小广场，更是一个美丽的前奏。这里一道弧形的金水河，和河上五道白石桥，在黄瓦红墙的气氛中，北望太和门的雄劲，这个环境适当地给三殿做了心理准备。

太和、中和、保和三座殿是前后排列着同立在一个庞大而崇高的工字形白石殿基上面的。这种台基过去称"殿陛"，共高二丈，分三层，每层有刻石栏杆围绕，台上列铜鼎等。台前石阶三列，左右各一列，路上都有雕镂隐起的龙凤花纹。这样大尺度的一组建筑物，是用更宏大尺度的庭院围绕起来的。广庭气魄之大是无法形容的。庭院四周有廊屋，太和与保和两殿的左右还有对称的楼阁，和翼门，四角有小角楼。这样的布局是我国特有的传统,常见于美丽的唐宋壁画中。

三殿中,太和殿最大,也是全国最大的一个木构大殿。横阔十一间,进深五间,外有廊柱一列,全个殿内外立着八十四根大柱。殿顶是重檐的"庑殿式"瓦顶,全部用黄色的琉璃瓦,光泽灿烂,同蓝色天空相辉映。底下彩画的横额和斗拱,朱漆柱,金琐窗,同白石阶基也作了强烈的对比。这个殿建于康熙三十六年(一六九七年),已有三百五十五岁,而结构整严完好如初。内部渗金盘龙柱和上部梁枋藻井上的彩画虽稍剥落,但仍然华美动人。

中和殿在工字基台的中心,平面为正方形,宋元工字殿当中的"柱廊"竟蜕变而成了今天的亭子形的方殿。屋顶是单檐"攒尖顶",上端用渗金圆顶为结束。此殿是清初顺治三年的原物,比太和殿又早五十余年。

保和殿立在工字形殿基的北端,东西阔九间,每间尺度又都小于太和殿,上面是"歇山式"殿顶,它是明万历的"建极殿"原物,未经破坏或重建的。至今上面童柱上还留有"建极殿"标识。它是三殿中年寿最老的,已有三百三十七年的历史。

三大殿中的两殿,一前一后,中间夹着略为低小的单位所造成的格局,是它美妙的特点。要用文字形容三殿是不可能的,而同时因环境之大,摄影镜头很难把握这三殿全部的雄姿。深刻的印象,必须亲自进到那动人的环境中,才能体会得到。

北海公园

在二百多万人口的城市中,尤其是在布局谨严,街道引直,建筑物主要都左右对称的北京城中,会有像北海这样一处水阔天空,风景如画的环境,据在城市的心脏地带,实在令人料想不到,使人惊喜。初次走过横亘在北海和中海之间的金鳌玉蝀桥的时候,望见隔水的景物,真像一幅画面,给人的印象尤为深刻。耸立在水心的琼华岛,山巅白塔,林间楼台,受晨光或夕阳的渲染,景象非凡特殊,湖岸石桥上的游人或水面小船,处处也都像在画中。池沼园林是近代城市的肺腑,借以调节气候,美化环境,休息精神;北海风景区对全市人民的健康所起的作用是无法衡量的。北海在艺术和历史方面的价值都是很突出的,但更可贵的还是在它今天回到了人民手里,成为人民的公园。

我们重视北海的历史,因为它也就是北京城历史重要的一段。它是今天的北京城的发源地。远在辽代(十一世纪初),琼华岛的地址就是一个著名的台,传说是"萧太后台";到了金朝(十二世纪中),统治者在这里奢侈地为自己建造郊外离宫:凿大池,改台为岛,移北宋名石筑山,山巅建美丽的大殿。元忽必烈攻破中都,曾住在这里。元建都时,废中都旧城,选择了这离宫地址作为他的新城,大都皇宫的核心,称北海和中海为太液池。元的三个宫分立在两岸,水中前有"瀛洲圆殿",就是今天的团城,北面有桥通"万岁山",就是今天的琼华岛。岛立太液池中,气势雄壮,山巅广寒殿居高临下,可以远望西山,俯瞰全城,是忽必烈的主要宫殿,也是全城最突出的重点。明毁元三宫,建造今天的故宫以后,北海和中海的地位便不同了,也不那样重要了。统治者把两海改为游宴的庭园,称作"内苑"。广寒殿废而不用,明万历时坍塌。清初开辟南海,增修许多庭园建筑,北海北岸和东岸都有个别幽静的单位。北海面貌最显著的改变是在一六五一年，琼华岛广寒殿旧址上，建造了今天所见的西藏式白塔。岛正南半山殿堂也改为佛寺，由石阶直升上去，遥对团城。这个景象到今天已保持整整三百年了。

北海布局的艺术手法是继承宫苑创造幻想仙境的传统，所以它以琼华岛仙山楼阁的姿态为主：上面是台殿亭馆；中间有岩洞石室；北面游廊环抱，廊外有白石栏楯，长达三百公尺；中间漪澜堂，上起轩楼为远帆楼，和北岸的五龙亭隔水遥望，互见缥缈，是本着想象的仙山景物而安排的。湖心本植莲花，其间有画舫来去。北岸佛寺之外，还作小西天，又受有佛教画的影响。其他如桥亭堤岸，多少是模拟山水画意。北海的布局是有着丰富的艺术传统的。它的曲折有趣、多变化的景物，也就是它最得游人喜爱的因素。同时更因为它的水面宏阔，林岸较深，尺度大，气魄大，最适合于现代青年假期中的一切活动：划船、滑水、登高远眺，北海都有最好的条件。

天　坛

天坛在北京外城正中线的东边，占地差不多四千亩，围绕着有两重红色围墙。墙内茂密参天的老柏树，远望是一片苍郁的绿荫。由这树林中高高耸出深蓝色伞形的琉璃瓦顶，它是三重檐子的圆形大殿的上部，尖端上闪耀着涂金宝顶。这是祖国一个特殊的建筑物，世界闻名的天坛祈年殿。由南方到北京来的火车，进入北京城后，车上的人都可以从车窗中见到这个景物。它是许多人对北京文物建筑最先的一个印象。

天坛是过去封建主每年祭天和祈祷丰年的地方，封建的愚民政策和迷信的产物;但它也是过去辛勤的劳动人民用血汗和智慧所创造出来的一种特殊美丽的建筑类型,今天有着无比的艺术和历史价值。

天坛的全部建筑分成简单的两组,安置在平舒开朗的环境中,外周用深深的树林围护着。南面一组主要是祭天的大坛,称作"圜丘",和一座不大的圆殿,称"皇穹宇"。北面一组就是祈年殿和它的后殿——皇乾殿、东西配殿和前面的祈年门。这两组相距约六百米,有一条白石大道相连。两组之外,重要的附属建筑只有向东的"斋宫"一处。外面两周的围墙,在平面上南边一半是方的,北边一半是半圆形的。这是根据古代"天圆地方"的说法而建筑的。

圜丘是祭天的大坛,平面正圆,全部白石砌成;分三层,高约一丈六尺;最上一层直径九丈,中层十五丈,底层二十一丈。每层有石栏杆绕着,三层栏板共合成三百六十块,象征"周天三百六十度"。各层四面部有九步台阶。这座坛全部尺寸和数目都用一、三、五、七、九的"天数"或它们的倍数,是最典型的封建迷信结合的要求。仅在这种苛刻条件下,智慧的劳动人民却在造形方面创造出一个艺术杰作。这座洁白如雪、重叠三层的圆坛,周围环绕着玲珑像花边般的石刻栏杆,形体是这样的美丽,它永远是个可珍贵的建筑物,点缀在祖国的地面上。

圜丘北面棂星门外是皇穹宇。这座单檐的小圆殿的作用是存放神位木牌(祭天时"请"到圜丘上面受祭,祭完送回)。最特殊的是它外面周绕的围墙,平面作成圆形,只在南面开门。墙面是精美的磨砖对缝,所以靠墙内任何一点,向墙上低声细语,他人把耳朵靠近其他任何一点，都可以清晰听到。人们都喜欢在这里做这种"声学游戏"。

祈年殿是祈谷的地方，是个圆形大殿，三重蓝色琉璃瓦檐，最上一层上安金顶。殿的建筑用内外两周的柱，每周二十根，里面更立四根"龙井柱"。圆周十二间都安格扇门，没有墙壁，庄严中呈显玲珑。这殿立在三层圆坛上，坛的样式略似圜丘而稍大。

天坛部署的规模是明嘉靖年间制定的。现存建筑中，圜丘和皇穹宇是清乾隆八年（一七四三）所建。祈年殿在清光绪十五年雷火焚毁后，又在第二年（一八九〇）重建。祈年门和皇乾殿是明嘉靖二十四年（一五四五）原物。现在祈年门梁下的明代彩画是罕有的历史遗物。

颐 和 园

在中国历史中，城市近郊风景特别好的地方，封建主和贵族豪门等总要独霸或强占，然后再加以人工的经营来做他们的"禁苑"或私园。这些著名的御苑、离宫、名园，都是和劳动人民的血汗和智慧分不开的。他们凿了池或筑了山，建造亭台楼阁，栽植了树木花草，布置了回廊曲径，桥梁水榭，在许许多多巧妙的经营与加工中，才把那些离宫或名园提到了高度艺术的境地。现在，这些可宝贵的祖国文化遗产，都已回到人民手里了。

北京西郊的颐和园，在著名的圆明园被帝国主义侵略军队毁了以后，是中国四千年封建历史里保存到今天的最后的一个大"御苑"。颐和园周围十三华里，园内有山有湖。倚山临湖的建筑单位大小数百,最有名的长廊,东西就长达一千几百尺,共计二百七十三间。

颐和园的湖、山基础,是经过金、元、明三朝所建设的。清朝规模最大的修建开始于乾隆十五年（一七五〇年）,当时本名清漪园,山名万寿,湖名昆明。一八六〇年,清漪园和圆明园同遭英法联军毒辣的破坏。前山和西部大半被毁,只有山巅琉璃砖造的建筑和"铜亭"得免。

前山湖岸全部是光绪十四年（一八八八年）所重建。那时西太后那拉氏专政,为自己做寿,竟挪用了海军造船费来修建,改名颐和园。

颐和园规模宏大,布置错杂,我们可以分成后山、前山、东宫门、南湖和西堤等四大部分来了解它的。

第一部后山,是清漪园所遗留下的艺术面貌,精华在万寿山的北坡和坡下的苏州河。东自"赤城霞起"关口起,山势起伏,石路回转,一路在半山经"景福阁"到"智慧海",再向西到"画中游"。一路沿山下河岸,处处苍松深郁或桃树错落,是初春清明前后游园最好的地方。山下小河（或称后湖）曲折,忽狭忽阔;沿岸模仿江南风景,故称"苏州街",河也名"苏州河"。正中北宫门入园后,有大石桥跨苏州河上,向南上坡是"后大庙"旧址,今称"须弥灵境"。这些地方,今天虽已剥落荒凉,但环境幽静,仍是颐和园最可爱的一部。东边"谐趣园"是仿无锡惠山园的风格,当中荷花池,四周有水殿曲廊,极为别致。西面通到前湖的小苏州河,岸上东有"买卖街"（现已不存）,俨如江南小镇。更西的长堤垂柳和六桥是仿杭州西湖六桥建设的。这些都是模仿江南山水的一个系统的造园手法。

第二部前山湖岸上的布局，主要是排云殿、长廊和石舫。排云殿在南北中轴线上。这一组由临湖一座牌坊起，上到排云殿，再上到佛香阁；倚山建筑，巍然耸起，是前山的重点。佛香阁是八角钻尖顶的多层建筑物，立在高台上，是全山最高的突出点。这一组建筑的左右还有"转轮藏"和"五芳阁"等宗教建筑物。附属于前山部分的还有米山上几处别馆如"景福阁""画中游"等。沿湖的长廊和中线成丁字形；西边长廊尽头处，湖岸转北到小苏州河，傍岸处就是著名的"石舫"，名清宴舫。前山着重侈大、堂皇富丽，和清漪园时代重视江南山水的曲折大不相同；前山的安排，是"仙山蓬岛"的格式，略如北海琼华岛，建筑物倚山层层上去，成一中轴线，以高耸的建筑物为结束。湖岸有石栏和游廊。对面湖心有远岛，以桥相通，也如北海团城。只是岛和岸的距离甚大，通到岛上的十七孔长桥，不在中线，而由东堤伸出，成为远景。

第三部是东宫门入口后的三大组主要建筑物：一是向东的仁寿殿，它是理事的大殿；二是仁寿殿北边的德和园，内中有正殿、两廊和大戏台；三是乐寿堂，在德和园之西。这是那拉氏居住的地方。堂前向南临水有石台石阶，可以由此上下船。这些建筑拥挤繁复，像城内府第，堵塞了入口，向后山和湖岸的合理路线被建筑物阻挡割裂，今天游园的人，多不知有后山，进仁寿殿或德和园之后，更有迷惑在院落中的感觉，直到出了荣寿堂西门，到了长廊，才豁然开朗，见到前面湖山。这一部分的建筑物为全园布局上的最大弱点。

第四部是南湖洲岛和西堤。岛有五处，最大的是月波楼一组，或称龙王庙，有长桥通东堤。其他小岛非船不能达。西堤由北而南成一弧线，分数段，上有六座桥。这些都是湖中的点缀，为北岸的远景。

天宁寺塔

北京广安门外的天宁寺塔，是北京城内和郊外的寺塔中完整立着的一个最古的建筑纪念物。这个塔是属于一种特殊的类型：平面作八角形，砖筑实心，外表主要分成高座、单层塔身和上面的多层密檐三部分。座是重叠的两组须弥座，每组中间有一道"束腰"，用"间柱"分成格子，每格中刻一浅龛，中有浮雕，上面用一周砖刻斗拱和栏杆，故极富于装饰性。座以上只有一单层的塔身，托在仰翻的大莲瓣上，塔身四正面有拱门，四斜面有窗，还有浮雕力神像等。塔身以上是十三层密密重叠着的瓦檐。第一层檐以上，各檐中间不露塔身，只见斗拱；檐的宽度每层缩小，逐渐向上递减，使塔的轮廓成缓和的弧线。塔顶的"刹"是佛教的象征物，本有"覆钵"和很多层"相轮"，但天宁寺塔上只有宝顶，不是一个刹，而十三层密檐本身却有了相轮的效果。

这种类型的塔，轮廓甚美，全部稳重而挺拔。层层密檐的支出使檐上的光和檐下的阴影构成一明一暗；重叠而上，和素面塔身起反衬作用，是最引人注意的宜于远望的处理方法。中间塔身略细，约束在檐以下、座以上，特别显得窈窕。座的轮廓也因有伸出和缩紧的部分，更美妙有趣。塔座是塔底部的重点，远望清晰伶俐；近望则见浮雕的花纹、走兽和人物，精致生动，又恰好收到最大的装饰效果。它是砖造建筑艺术中的极可宝贵的处理手法。

分析和比较祖国各时代各类型的塔,我们知道南北朝和隋的木塔的形状,但实物已不存。唐代遗物主要是砖塔,都是多层方塔,如西安的大雁塔和小雁塔。唐代虽有单层密檐塔,但平面为方形,且无须弥座和斗拱,如嵩山的永泰寺塔。中原山东等省以南,山西省以西,五代以后虽有八角塔,而非密檐,且无斗拱,如开封的"铁塔"。在江南,五代两宋虽有八角塔,却是多层塔身的,且塔身虽砖造,每层都用木造斗拱和木檩托檐,如苏州虎丘塔,罗汉院双塔等。检查天宁寺塔每一细节,我们今天可以确凿地断定它是辽代的实物,清代石碑中说它是"隋塔"是错误的。

这种单层密檐的八角塔只见于河北省和东北。最早有年月可考的都属于辽金时代(十一至十三世纪),如房山云居寺南塔北塔,正定青塔,通州塔,辽阳白塔寺塔等。但明清还有这形制的塔,如北京八里庄塔。从它们分布的地域和时代看来,这类型的塔显然是契丹民族(满族祖先的一支)的劳动人民和当时移居辽区的汉族匠工们所合力创造的伟绩,是他们对于祖国建筑传统的一个重大贡献。天宁寺塔经过这九百多年的考验,仍是一座完整而美丽的纪念性建筑,它是今天北京最珍贵的艺术遗产之一。

北京近郊的三座 "金刚宝座塔"

——西直门外五塔寺塔、德胜门外西黄寺塔和香山碧云寺塔

　　北京西直门外五塔寺的大塔，形式很特殊；它是建立在一个巨大的台子上面，由五座小塔所组成的。佛教术语称这种塔为"金刚宝座塔"。它是模仿印度佛陀伽蓝的大塔建造的。

　　金刚宝座塔的图样，是一四一三年（明永乐时代）西番班迪达来中国时带来的。永乐帝朱棣，封班迪达做大国师，建立大正觉寺——即五塔寺——给他住。到了一四七三年（明成化九年）便在寺中仿照了中印度式样，建造了这座金刚宝座塔。清乾隆时代又仿照这个类型，建造了另外两座。一座就是现在德胜门外的西黄寺塔，另一座是香山碧云寺塔。这三座塔虽同属于一个格式，但每座各有很大变化，和中国其他的传统风格结合而成。它们具体地表现出祖国劳动人民灵活运用外来影响的能力，他们有大胆变化、不限制于模仿的创造精神。在建筑上，这样主动地吸收外国影响和自己民族形式相结合的例子是极值得注意的。同时，介绍北京这三座塔并指出它们的显著的异同，也可以增加游览者对它们的认识和兴趣。

　　五塔寺在西郊公园北面约二百公尺。它的大台高五丈，上面立五座密檐的方塔，正中一座高十三层，四角每座高十一层。中塔的正南，阶梯出口的地方有一座两层檐的亭子，上层瓦顶是圆的。大台的最底层是个"须弥座"，座之上分五层，每层伸出小檐一周，下雕并列的佛龛，龛和龛之间刻菩萨立像。最上层是女儿墙，也就是大台的栏杆。这些上面都有雕刻，所谓"梵花、梵宝、梵字、梵像"。大台的正门有门洞，门内有阶梯藏在台身里，盘旋上去，通到台上。

　　这塔全部用汉白玉建造，密密地布满雕刻。石里所含铁质经过五百年的氧化，呈现出淡淡的橙黄的颜色，非常温润而美丽。过于烦琐的雕饰本是印度建筑的弱点，中国匠人却创造了自己的适当的处理。他们智慧地结合了祖国的手法特征，努力控制了凹凸深浅的重点。每层利用小檐的伸出和佛龛的深入，做成阴影较强烈的部分，其余全是极浅的浮雕花纹。这样，便纠正了一片杂乱繁缛的感觉。

西黄寺塔，也称作班禅喇嘛净化城塔，建于一七七九年。这座塔的形式和大正觉寺塔一样，也是五座小塔立在一个大台上面。所不同的，在于这五座塔本身的形式。它的中央一塔为西藏式的喇嘛塔（如北海的白塔），而它的四角小塔，却是细高的八角五层的"经幢"；并且在平面上，四小塔的座基突出于大台之外，南面还有一列石阶引至台上。中央塔的各面刻有佛像、草花和凤凰等，雕刻极为细致富丽，四个幢主要一层素面刻经，上面三层刻佛龛与莲瓣。全组呈窈窕玲珑的印象。

碧云寺塔和以上两座又都不同。它的大台共有三层，底下两层是月台，各有台阶上去。最上层做法极像五塔寺塔，刻有数层佛龛，阶梯也藏在台身内。但它上面五座塔之外，南面左右还有两座小喇嘛塔，所以共有七座塔了。

这三处仿中印度式建筑的遗物，都在北京近郊风景区内。同式样的塔，国内只有昆明官渡镇有一座，比五塔寺塔更早了几年。

鼓楼、钟楼和什刹海

北京城在整体布局上，一切都以城中央一条南北中轴线为依据。这条中轴线以永定门为南端起点,经过正阳门、天安门、午门、前三殿、后三殿、神武门、景山、地安门一系列的建筑重点,最北就结束在鼓楼和钟楼那里。北京的钟楼和鼓楼不是东西相对,而是在南北线上,一前、一后的两座高耸的建筑物。北面城墙正中不开城门,所以这条长达八公里的南北中线的北端就终止在钟楼之前。这个伟大气魄的中轴直穿城心的布局是我们祖先杰出的创造。鼓楼面向着广阔的地安门大街,地安门是它南面的"对景",钟楼峙立在它的北面,这样三座建筑便合成一组庄严的单位,适当地作为这条中轴线的结束。

鼓楼是一座很大的建筑物,第一层雄厚的砖台,开着三个发券的门洞。上面横列五间重檐的木构殿楼,整体轮廓强调了横亘的体形。钟楼在鼓楼后面不远,是座直立耸起、全部砖石造成的建筑物;下层高耸的台,每面只有一个发券门洞。台上钟亭也是每面一个发券的门。全部使人有浑雄坚实的矗立的印象。钟、鼓两楼在对比中,一横一直,形成了和谐美妙的组合。明朝初年智慧的建筑工人,和当时的"打图样"的师父们就这样朴实、大胆地创造了自己市心的立体标志,充满了中华民族特征的不平凡的风格。

钟、鼓楼西面俯瞰什刹海和后海。这两个"海"是和北京历史分不开的。它们和北海、中海、南海是一个系统的五个湖沼。十二世纪中建造"大都"的时候,北海和中海被划入宫苑(那时还没有南海),什刹海和后海留在市区内。当时有一条水道由什刹海经现在的北河沿、南河沿、六国饭店出城通到通州,衔接到运河。江南运到的粮食便在什刹海卸货,那里船帆桅杆十分热闹,它的重要性正相同于我们今天的前门车站。到了明朝,水源发生问题,水运只到东郊,什刹海才丧失了作为交通终点的身份。尤其难得的是它外面始终没有围墙把它同城区阻隔,正合乎近代最理想的市区公园的布局。

海的四周本有十座佛寺,因而得到"什刹"的名称。这十座寺早已荒废。满清末年,这里周围是茶楼、酒馆和杂耍场子等。但湖水逐渐淤塞,虽然夏季里香荷一片,而水质污秽、蚊虫滋生已威胁到人民的健康。解放后人民自己的政府首先疏浚全城水道系统,将什刹海掏深,砌了石岸,使它成为一片清澈的活水,又将西侧小湖改为可容四千人的游泳池。两年来那里已成劳动人民夏天中最喜爱的地点。垂柳倒影,隔岸可遥望钟楼和鼓楼,它已真正地成为首都的风景区。并且这个风景区还正在不断地建设中。

在全市来说,由地安门到钟、鼓楼和什刹海是城北最好的风景区的基础。现在鼓楼上面已是人民的第一文化宫,小海已是游泳池,又紧接北海。这一个美好环境,由钟、鼓楼上远眺更为动人。不但如此,首都的风景区是以湖沼为重点的,水道的联结将成为必要。什刹海若予以发展,将来可能以金水河把它同颐和园的昆明湖结连起来。那样,人们将可以在假日里从什刹海坐着小船经由美丽的西郊,直达颐和园了。

雍　和　宫

北京城内东北角的雍和宫,是二百几十年来北京最大的一座喇嘛寺院。喇嘛教是蒙藏两族所崇奉的宗教,但这所寺院因为建筑的宏丽和佛像雕刻等的壮观，一向都非常著名，所以游览首都的人们，时常来到这里参观。这一组庄严的大建筑群，是过去中国建筑工人以自己传统的建筑结构技术来适应喇嘛教的需要所创造的一种宗教性的建筑类型，就如同中国工人曾以本国的传统方法和民族特征解决过回教的清真寺或基督教的礼拜堂的需要一样。这寺院的全部是一种符合特殊实际要求的艺术创造，在首都的文物建筑中间，它是不容忽视的一组建筑遗产。

雍和宫曾经是胤禛（清雍正）做王子时的府第。在一七三四年改建为喇嘛寺。

雍和宫的大布局，紧凑而有秩序，全部由南北一条中轴线贯穿着。由最南头的石牌坊起到"琉璃花门"是一条"御道"，——也像一个小广场。两旁十几排向南并列的僧房就是喇嘛们的宿舍。由琉璃花门到雍和门是一个前院，这个前院有古槐的幽荫，南部左右两角立着钟楼和鼓楼，北部左右有两座八角的重檐亭子，更北的正中就是雍和门；雍和门规模很大，才经过修缮油饰。由此北进共有三个大庭院，五座主要大殿阁。第一院正中的主要大殿称作雍和宫，它的前面中线上有碑亭一座和一个雕刻精美的铜香炉，两边配殿围绕到它后面一殿的两旁，规模极为宏壮。

全寺最值得注意的建筑物是第二院中的法轮殿，其次便是它后面的万佛楼。它们的格式都是很特殊的。法轮殿主体是七间大殿，但它的前后又各出五间"抱厦"，使平面成十字形。殿的瓦顶上面突出五个小阁，一个在正脊中间，两个在前坡的左右,两个在后坡的左右。每个小阁的瓦脊中间又立着一座喇嘛塔。由于宗教上的要求,五塔寺金刚宝座塔的型式很巧妙地这样组织到纯粹中国式的殿堂上面,成了中国建筑中一个特殊例子。

万佛楼在法轮殿后面,是两层重檐的大阁。阁内部中间有一尊五丈多高的弥勒佛大像,穿过三层楼井,佛像头部在最上一层的屋顶底下。据说这个像的全部是曰一整块檀香木雕成的。更特殊的是万佛楼的左右另有两座两层的阁,从这两阁的上层用斜廊——所谓飞桥——和大阁相联系。这是敦煌唐朝画中所常见的格式,今天还有这样一座存留着,是很难得的。

雍和宫最北部的绥成殿是七间,左右楼也各是七间,都是两层的楼阁,在我们的最近建设中,我们极需要参考本国传统的楼屋风格,从这一组两层建筑物中,是可以得到许多启示的。

故　宫

北京的故宫现在是首都的故宫博物院。故宫建筑的本身就是这博物院中最重要的历史文物。它综合形体上的壮丽、工程上的完美和布局上的庄严秩序,成为世界上一组最优异、最辉煌的建筑纪念物。它是我们祖国多少年来劳动人民智慧和勤劳的结晶,它有无比的历史和艺术价值。全宫由"前朝"和"内廷"两大部分组成;四周有城墙围绕,墙下是一周护城河,城四角有角楼,四面各有一门:正南是午门,门楼壮丽称五凤楼;正北称神武门;东西两门称东华门、西华门,全组统称"紫禁城"。隔河遥望红墙、黄瓦、宫阙、角楼的任何一角都是宏伟秀丽,气象万千。

前朝正中的三大殿是宫中前部的重点，阶陛三层，结构崇伟，为建筑造形的杰作。东侧是文华殿，西侧是武英殿，这两组与太和门东西并列，左右衬托，构成三殿前部的格局。

内廷是封建皇帝和他的家族居住和办公的部分。因为是所谓皇帝起居的地方，所以借重了许多严格部署的格局和外表形式上的处理来强调这独夫的"至高无上"。因此内廷的布局仍是采用左右对称的格式，并且在部署上象征天上星宿等等。例如内廷中间，乾清、坤宁两宫就是象征天地，中间过殿名交泰，就取"天地交泰"之义。乾清宫前面的东西两门名曰精、月华，象征日月。后面御花园中最北一座大殿——钦安殿，内中还供奉着"玄天上帝"的牌位。故宫博物院称这部分作"中路"，它也就是前王殿中轴线的延续，也是全城中轴的一段。

"中路"两旁两条长夹道的东西，各列六个宫，每三个为一路，中间有南北夹道。这十二个宫象征十二星辰。它们后部每面有五个并列的院落，称东五所、西五所，也象征众星拱辰之义。十二宫是内宫眷属"妃嫔""皇子"等的住所，和中间的"后三殿"就是紫禁城后半部的核心。现在博物院称东西六宫等为"东路"和"西路"，按日轮流开放。西六宫曾经改建，储秀和翊坤两宫之间增建一殿，成了一组。长春和太极之间，也添建一殿，成为一组，格局稍变。东六宫中的延禧，曾参酌西式改建"水晶宫"而未成。

三路之外的建筑是比较不规则的。主要的有两种：一种是在中轴两侧，东西两路的南头，十二宫南面的重要前宫殿。西边是养心殿一组，它正在"外朝"和"内廷"之间偏东的位置上，是封建主实际上日常起居的地方。中轴东边与它约略对称的是斋宫和奉先殿。这两组与乾清宫的关系就相等于文华、武英两殿与太和殿的关系。另一类是核心外围规模较十二宫更大的宫。这些宫是建筑给封建主的母后居住的。每组都有前殿、后寝、周围廊子、配殿、宫门等。西边有慈宁、寿康、寿安等宫。其中夹着一组佛教庙宇雨花阁,规模极大。总称为"外西路"。东边的"外东路"只有直串南北、范围巨大的宁寿宫一组。它本是玄烨(康熙)的母亲所居,后来弘历(乾隆)将政权交给儿子,自己退老住在这里,曾增建了许多繁缛巧丽的亭园建筑,所以称为"乾隆花园"。它是故宫后部核心以外最特殊也最奢侈的一个建筑组群,且是清代日趋烦琐的宫廷趣味的代表作。

　　故宫后部虽然"千门万户",建筑密集,但它们仍是有秩序的布局。中轴之外,东西两侧的建筑物也是以几条南北轴线为依据的。各轴线组成的建筑群以外的街道形成了细长的南北夹道。主要的东一长街和西一长街的南头就是通到外朝的"左内门"和"右内门",它们是内廷和前朝联系的主要交通线。

　　除去这些"宫"与"殿"之外,紫禁城内还有许多服务单位如上驷院、御膳房和各种库房及值班守卫之处。但威名煊赫的"南书房"和"军机处"等宰相大臣办公的地方,实际上只是乾清门旁边几间廊庑房舍。军机处还不如上驷院里一排马厩!封建帝王残酷地驱役劳动人民为他建造宫殿,养尊处优,享乐排场无所不至,而即使是对待他的军机大臣也仍如奴隶。这类事实可由故宫的建筑和布局反映出来。紫禁城全部建筑也就是最丰富的历史材料。

阅读心得

　　这篇文章,是林徽因以一个建筑学家的身份,所写的一篇介绍北京古建筑的文章。

　　这篇文章,一共给我们介绍了"中山堂""北京市劳动人民文化宫""故宫三大殿""北海公园""天坛""颐和园""天宁寺塔""北京近郊的三座'金刚宝座塔'""钟楼、鼓楼和什刹海""雍和宫"和"故宫"等十几处古建筑。这些古建筑无一不是有着悠久的历史,无一不是构造精巧,都凝结了中国古代劳动人民的智慧和心血,是中国历史的见证者和活化石。

　　其中,关于古建筑布局、结构、建造工艺、美学价值的介绍,更是体现了林徽因作为一名建筑师的专业和学养。我们也可以从中学到许多古建筑的知识。

写作借鉴

　　这篇文章是介绍北京古建筑的,一共由十几篇短文组成,每一篇短文单独分开都可以自成体系,都可以作为说明文的经典供我们学习。

　　说明文是一种常见的应用性很强的文章体裁。本文可以作为以建筑为介绍对象的说明文的范例。建筑类说明文一般要包含以下几个内容:建筑的历史,建筑的布局与构造,建筑的用途。而在具体的行文布局上,要做到简略得当,重点突出。如介绍故宫,就要突出三大殿的位置,而军机处这类小建筑,就要适当略写,不可喧宾夺主。

惟其是脆嫩

名师导读...

"唯其是脆嫩"，这里的"其"指的是文学的创造力。文学的创造力为什么是脆嫩的呢？是什么导致了它的脆嫩呢？面对它的脆嫩，我们又该怎么做呢？且看林徽因如何说。

活在这非常富于刺激性的年头里，我敢喘一口气说，我相信一定有多数人成天里为观察听闻到的，牵动了神经，从跳动而有血裹着的心底下累积起各种的情感，直冲出嗓子，逼成了语言到舌头上来。这自然丰富的累积，有时更会倾溢出少数人的唇舌，再奔进到笔尖上，另具形式变成在白纸上驰骋的文字。这种文字便全是我们这个时代的出产，大家该千万珍视它！

现在，无论在哪里，假如有一个或多种的机会，我们能把许多这种自然触发出来的文字，交出给同时代的大众见面，因而或能激动起更多方面，更复杂的情感，和由这情感而形成更多方式的文字；一直造成了一大片丰富而且有力的创作的田壤，森林，江山……产生结结实实的我们这个时代特有的表情和文章；我们该不该诚恳的注意到这机会或能造出的事业，各人将各人的一点点心血献出来尝试？

假使，这里又有了机会联聚起许多人，为要介绍许多方面的文字，更连而研讨文章的质的方面；或指出已往文章的历程，或讲究到各种文章上比较的问题,进而无形的讲究到程度和标准等问题。我又敢相信,在这种景况下定会发生更严重鼓励写作的主动力。使创作界增加问题,或许。唯其是增加了问题,才助益到创造界的活泼和健康。文艺决不是蓬勃丛生的野草。

我们可否直爽地承认一桩事?创作的鼓动时常要靠着刊物把它的成绩布散出去吹风,晒太阳,和时代的读者把晤的。被风吹冷了,太阳晒萎了,固常有的事。被读者所欢迎,所冷淡,或误会,或同情,归根应该都是激动创造力的药剂!至于,一来就高举趾,二来就气馁的作者,每个时代都免不了有他们起落踪迹。这个与创作界主体的展动只成枝节问题。哪一个创作兴旺的时代缺得了介绍散布作品的刊物,同那或能同情,或不了解的读众?

创作品是不能不与时代见面的,虽然作者的名姓,则并不一定。伟大作品没有和本时代见面,而被他时代发现珍视的固然有,但也只是偶然例外的事。希腊悲剧是在几万人前面唱演的;莎士比亚的戏更是街头巷尾的粗人都看得到的。到有刊物时代的欧洲,更不用说,一首诗文出来人人争买着看,就是中国在印刷艰难的时候,也是什么"传诵一时";什么"人手一抄"等……

创作的主力固在心底,但逼迫着这只有时间性的情绪语言而留它在空间里的,却常是刊物这一类的鼓励和努力所促成。

现走遍人间是能刺激起创作的主力。尤其在中国,这种日子,那一副眼睛看到了些什么,舌头底下不立刻紧急的想说话,乃至于歌泣!如果创作界仍然有点消沉寂寞的话——努力的少，尝试的稀罕——那或是有别的缘故而使然。我们问：能鼓励创作界的活跃性的是些什么？刊物是否可以救济这消沉的？努力过刊物的诞生的人们，一定知道刊物又时常会因为别的复杂原因而夭折的。它常是极脆嫩的孩儿……。那么有创作冲动的笔锋，努力于刊物的手臂，此刻何不联在一起，再来一次合作，逼着创造界又挺出一个新鲜的萌芽！管它将来能不能成田壤，成森林，成江山，一个萌芽是一个萌芽。脆嫩？唯其是脆嫩，我们大家才更要来爱护它。

这时代是我们特有的，结果我们单有情感而没有表现这情绪的艺术，眼看着后代人笑我们是黑暗时代的哑子，没有艺术，没有文章，乃至于怀疑到我们有不有情感！

回头再看到祖宗传流下那神气的衣钵，怎不觉得惭愧！说世乱，杜老头子过的是什么日子！辛稼轩当日的愤慨当使我们同情！……何必诉，诉不完。难道现在我们这时代没有形形色色的人物，喜剧悲剧般的人生作题？难道我们现时没有美丽，没有风雅，没有丑陋、恐慌，没有感慨，没有希望？！难道连经这些天灾战祸，我们都不会描述，身受这许多刺骨的辱痛，我们都不会愤慨高歌迸出一缕滚沸的血流？！

难道我们真麻木了不成？难道我们这时代的语辞真贫穷得不能达意？难道我们这时代真没有学问真没有文章？！朋友们努力挺出一根活的萌芽来，记着这个时代是我们的。

阅读心得

"国家不幸诗家幸，赋到沧桑句便工"，赵翼这句诗，可以为所有历经丧乱、笔耕不辍的文人作一注解。在那样动乱的时代里，林徽因呼吁同时代的人要抓住这样的创造力，珍视这样的创造力，为时代创造出精品。

从出处看，这篇文章发表于《大公报·文艺副刊》的创刊号上，那就不奇怪林徽因何以要如此的大声疾呼。这篇文章的写作目的，就是要鼓励作家们来投稿，为刊物的发展出力，所以文章的煽动性很强。

写作借鉴

这是一篇呼吁人们投稿的文章，所以文章的感染力、煽动性非常强。那么如何增强文章的感染力，如何增强文章的煽动性？

第一，要多使用问句、感叹句。问句、感叹句具有极强的主观情绪在里面，一般是作者表达激动昂扬的情绪时才会使用，而适量的问句和感叹句，可以有效增强文章的感染力。

第二，要多使用排比句。排比句，句式整齐，三句叠加，使文章具有强烈的气势，而这也是文章具有感染力的重要手法。

第三，要激起激愤来。唯有激愤，才能刺激人们做出行动。文中将前人的成就和后人可能的耻笑对比来激励人们从事文学创作，正是要激起人们的激愤来。

究竟怎么一回事

📖 名师导读 ...

"写诗究竟是怎么一回事",这句话可以有两种语气。一种是以疑问的语气问出,一种是以肯定的语气说出。这里面存在着一种理解的分歧,或许这正是作者想要的效果。那么,写诗究竟是怎么一回事?

写诗究竟是怎么一回事?

写诗,或可说是要抓紧一种一时闪动的力量,一面跟着潜意识浮沉,摸索自己内心所萦回,所着重的情感——喜悦,哀思,忧怨,恋情,或深,或浅,或缠绵,或热烈;又一方面顺着直觉,认识,辨味,在眼前或记忆里官感所触遇的意象——颜色,形体,声音,动静,或细致,或亲切,或雄伟,或诡异;再一方面又追着理智探讨,剖析,理会这些不同的性质,不同分量,流转不定的情感意象所互相融会,交错策动而发生的感念;然后以语言文字(运用其声音意义)经营,描画,表达这内心意象,情绪,理解在同时间或不同时间里,适应或矛盾的所共起的波澜。

写诗,或又可说是自己情感的,主观的,所体验了解到的;和理智的,客观的所体察辨别到的,同时达到一个程度,腾沸横溢,不分宾主的互相起了一种作用,由于本能的冲动,凭着一种天赋的兴趣和灵巧,驾驭一串有声音,有图画,有情感的言语,来表现这内心与外物息息相关的联系,及其所发生的悟理或境界。

写诗,或又可以说是若不知其所以然的,灵巧的,诚挚的,在传译给理想的同情者,自己内心所流动的情感穿过繁复的意象时,被理智所窥探而由直觉与意识分着记取的符箓!一方面似是惨淡经营,——至少是专诚致意,一方面似是借力于平时不经意的准备,"下笔有神"的妙手偶然拈来;忠于情感,又忠于意象,更忠于那一串刹那间内心整体闪动的感悟。

写诗,或又可说是经过若干潜意识的酝酿,突如其来的,在生活中意识到那么凑巧的一顷刻小小时间;凑巧的,灵异的,不能自已的,流动着一片浓挚或深沉的情感,敛聚着重重繁复演变的情绪,更或凝定入一种单纯超卓的意境,而又本能地迫着你要刻画一种适合的表情。这表情积极的,像要流泪叹息或歌唱欢呼,舞蹈演述;消极的,又像要幽独静处,沉思自语。换句话说,这两者合一,便是一面要天真奔放,热情地自白去邀同情和了解,同时又要寂寞沉默,孤僻的自守来保持悠然自得的完美和严肃!

在这一个凑巧的一顷刻小小时间中(着重于那凑巧的),你的所有直觉,理智,官感,情感,记性和幻想,独立的及交互的都迸出它们不平常的锐敏,紧张,雄厚,壮阔及深沉。在它们潜意识的流动,——独立的或交互的融会之间——如出偶然而又不可避免地涌上一闪感悟,和情趣——或即所谓灵感——或是亲切的对自我得失悲欢;或辽阔的对宇宙自然;或智慧的对历史人性。这一闪感悟或是混沌朦胧,或是透彻明晰。像光同时能照耀洞察，又能抚摩包含你的所有已经尝味，还在尝味，及幻想尝味的"生"的种种形色质量，且又活跃着其间综错重叠于人于我的意义。

这感悟情趣的闪动——灵感的脚步——来得轻时，好比潺潺清水婉转流畅，自然的洗涤，浸润一切事物情感，倒影映月，梦残歌罢，美感的旋起一种超实际的权衡轻重，可抒成慷慨缠绵千行的长歌，可留下如幽咽微叹般的三两句诗词。愉悦的心声，轻灵的心画，常如啼鸟落花，轻风满月，夹杂着情绪的缤纷；泪痕巧笑，奔放轻盈，若有意若无意的遗留在各种言语文字上。

但这感悟情趣的闪动，若激越澎湃来得强时，可以如一片惊涛飞沙，由大处见到纤微，由细弱的物体看它变动，宇宙人生，幻若苦谜。一切又如经过烈火燃烧锤炼，分散，减化成为净纯的茫焰气质，升处所有情感意象于空幻，神秘，变移无定，或不减不变绝对，永恒的玄哲境域里去，卓越隐奥，与人性情理遥远的好像隔成距离。身受者或激昂通达，或禅寂淡远，将不免挣扎于超情感，超意象，乃至于超言语，以心传心的创造。隐晦迷离，如禅偈玄诗，便不可制止地托生在与那幻想境界几不适宜的文字上，占定其生存权。

写诗……

总而言之，天知道究竟写诗是怎么一回事。在写诗的时候，或者是"我知道，天知道"；到写了之后，最好学Browning不避嫌疑的自讯的，只承认"天知道"，天下关于写诗的笔墨官司便都省了。

我们仅听到写诗人自己说一阵奇异的风吹过，或是一片澄清的月色，一个惊讶，一次心灵的振荡，便开始他写诗的尝试，迷于意境文字音乐的搏斗，但是究竟这奇异的风和月，心灵的振荡和惊讶是什么？是不是仍为那可以追踪到内心直觉的活动；到潜意识后面那综错交流的情感与意象；那意识上理智的感念思想；以及要求表现的本能冲动？灵异的风和月所指的当是外界的一种偶然现象，同时却也是指它们是内心活动的一种引火线。诗人说话没有不打比喻的。

我们根本早得承认诗是不能脱离象征比喻而存在的。在诗里情感必依附在意象上，求较具体的表现；意象则必须明晰地或沉着地，恰适地烘托情感，表征含义。如果这还需要解释，常识的，我们可以问：在一个意识的或直觉的，官感，情感，理智，同时并重的一个时候，要一两句简约的话来代表一堆重叠交错的外象和内心情绪思想所发生的微妙的联系，而同时又不失却原来情感的质素分量，是不是容易或可能的事？一个比喻或一种象征在字面或事物上可以极简单，而同时可以带着字面事物以外的声音颜色形状，引起它们与其他事物关系的联想。这个办法可以多方面地来辅助每句话确实的含义，而又加增官感情感理智每方面的刺激和满足，道理甚为明显。

无论什么诗都从不曾脱离过比喻象征，或比喻象征式的言语。诗中意象多不是寻常纯客观的意象。诗中的云霞星宿，山川草木，常有人性的感情，同时内心人性的感触反又变成外界的体象，虽简明浅现隐奥繁复各有不同的。但是诗虽不能缺乏比喻象征，象征比喻却并不是诗。

诗的泉源，上面已说过，是意识与潜意识的融会交流综错的情感意象和概念所促成；无疑地，诗的表现必是一种形象情感思想合一的语言。但是这种语言，不能仅是语言，它又须是一种类似动作的表情，这种表情又不能只是表情，而须是一种理解概念的传达。它同时须不断传译情感，描写现象诠释感悟。它不是形体而须创造形体颜色；它是音声，却最多仅要留着长短节奏。最要紧的是按着疾徐高下，和有限的铿锵音调，依附着一串单独或相联的字义上边；它须给直觉意识，情感理智，以整体的快惬。

因为相信诗是这样繁难的一列多方面条件的满足，我们不能不怀疑到纯净意识的，理智的，或可以说是"技术的"创造——或所谓"工"之绝无能为。诗之所以发生，就不叫它做灵感的来临，主要的亦在那一闪力量突如其来，或灵异的一刹那的"凑巧"，将所有繁复的"诗的因素"都齐集荟萃于一俄顷偶然的时间里。所以诗的创造或完成，主要亦当在那灵异的，凑巧的，偶然的活动一部分属意识，一部分属直觉，更多一部分属潜意识的，所谓"不以文而妙"的"妙"。理智情感，明晰隐晦都不失之过偏。意象瑰丽迷离，转又朴实平淡，像是纷纷纭纭不知所从来，但飘忽中若有必然的线索可寻；理解玄奥繁难，也像是纷纷纭纭莫名所以。但错杂里又是斑驳分明，情感穿插联系其中，若有若无，给草木气候，给热情颜色。一首好诗在一个会心的读者前边有时真会是一个奇迹！但是伤感流丽，铺张的意象，涂饰的情感，用人工连缀起来，疏忽地看去，也未尝不像是诗。故作玄奥渊博，颠倒意象，堆砌起重重理喻的诗，也可以吓然惊人一下。

　　写诗究竟是怎么一回事,真是唯有天知道得最清楚!读者与作者,读者与读者,作者与作者关于诗的意见,历史告诉我传统的是要永远地差别分歧,争争吵吵到无尽时。因为老实地说,谁也仍然不知道写诗是怎么一回事的,除却如这篇文字所表示的,勉强以抽象的许多名词,具体的一些比喻来捉摸描写那一种特殊的直觉活动,献出一个极不能令人满意的答案。

阅读心得

　　关于写诗的探讨,从来都是一件很难的事。本文同样如此,作者通篇采用不确定的语气来探讨写诗的过程。"或可说""天知道"等词,表明作者只是探讨,而非盖棺定论。

　　文章的前半部分,作者探讨了写诗的灵感兴起时的几种情况,之后论证灵感的表现形式,或是轻微的,或是猛烈的。另外,作者认为,写诗离不开象征和意象。最后,作者还认为写诗更多靠的是灵感的迸发,而不是后天的加工。

写作借鉴

　　林徽因认为诗是灵感的迸发,她更看重诗的天然之美,而非后天的加工。之所以如此,是因为有些诗只是华丽辞藻的堆砌,有的还故意颠倒意象,作惊人之语,这些都不是好诗。这也警醒我们,写诗不要辞藻堆砌,而应言之有物,要有思想,有情感。

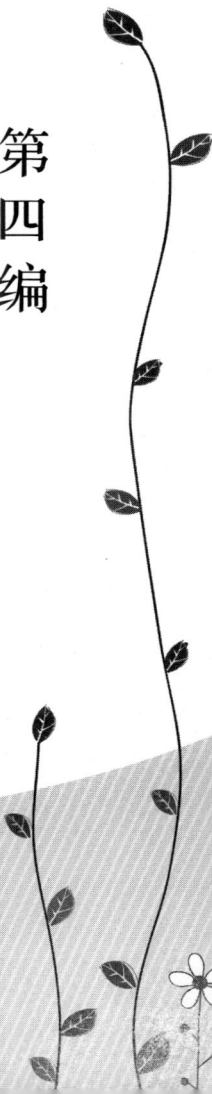

第四编

书信一束

山西通信

19世纪30年代前后,林徽因与丈夫梁思成一同考察了中国九个省的古代建筑,为中国古建筑的研究做出了巨大贡献。本文是她记录自己在山西的所见所感,主要集中于景物的描写和民风的刻画。

【景物描写】
一个"居然",写出了作者内心的惊喜和讶异,而使作者感到惊喜和讶异的,是山西的自然美景。

××××:

居然到了山西,天是透明的蓝,白云更流动得使人可以忘记很多的事,单单在一点什么感情底下,打滴溜转;更不用说到那山山水水,小堡垒,村落,反映着夕阳的一角庙,一座塔! 景物是美得到处使人心慌心痛。

我是没有出过门的,没有动身之前不容易动,走出来之后却就不知道如何流落才好。旬日来眼看去的都是图画,日子都是可以歌唱的古事。黑夜里在山场里看河南来到山西的匠人,围住一个大红炉子打铁,火花和铿锵的声响,散到四围黑影里去。微月中步行寻到田垄废庙,划一根"取灯"偷偷照看瞭望观音的脸,一片平静几百年来,没有动过感情的,在那一闪光底下,倒像挂上一缕笑意。

我们因为探访古迹走了许多路；在种种情形之下感慨到古今兴废。在草丛里读碑碣，在砖堆中间偶然碰到菩萨的一只手一个微笑，都是可以激动起一些不平常的感觉来的。乡村的各种浪漫的位置，秀丽天真；中间人物维持着老老实实的鲜艳颜色，老的扶着拐杖，小的赤着胸背，沿路上点缀的，尽是他们明亮的眼睛和笑脸。由北平城里来的我们，东看看，西走走，夕阳背在背上，真和掉在另一个世界里一样！云块、天，和我们之间似乎失掉了一切障碍。我乐时就高兴地笑，笑声一直散到对河对山，说不定哪一个林子，哪一个村落里去！我感觉到一种平坦，竟许是辽阔，和地面恰恰平行着舒展开来，感觉的最边沿的边沿，和大地的边沿，永远赛着向前伸……

我不会说，说起来也只是一片疯话人家不耐烦听。让我描写一些实际情形我又不大会，总而言之，远地里，一处田亩有人在工作，上面青的、黄的，紫的，分行地长着；每一处山坡上，都有人在走路，放羊，迎着阳光，背着阳光，投射着转动的光影；每一个小城，前面站着城楼，旁边睡着小庙，那里又托出一座石塔，神和人，都服贴的，满足的，守着他们那一角天地，近地里，则更有的是热闹，一条街里站满了人，孩子头上梳着三个小

【人物群像刻画】

老人扶杖，少年赤裸上身，眼睛明亮，笑脸明媚，寥寥数笔，描写出了山西淳朴和善的民风。

【夸张】

用夸张的手法写自己的笑声传播范围之广，生动形象地表达了作者的快乐。

【拟人】

"站着城楼""睡着小庙"，体现了城楼的高大耸立和小庙的安稳静谧，各有自己的一角天地。

辫子的,四个小辫子的,乃至于五六个小辫子的,衣服简单到只剩一个红兜肚,上面隐约也总有他嬷嬷挑的两三朵花!

【反问句】

以反问句肯定来看热闹的村民的热情。

娘娘庙前面树荫底下,你又能阻止谁来看热闹? 教书先生出来了,军队里兵卒拉着马过来了,几个女人娇羞地手拉着手,也扭着来站在一边了,小孩子争着挤,看我们照相,拉皮尺量平面,教书先生帮我们拓碑文。说起来这个那个庙,都是年代可多了,什么时候盖的,谁也说不清了! 说话之人来得太多,我们工作实在发生困难了,可是我们大家都顶高兴的,小孩子一边抱着饭碗吃饭,一边睁着大眼看,一点子也不松懈。

【场景描写】

通过写作者离开时村人的行为,表现出村民的热情好客。

我们走时总是一村子的人来送的,儿媳妇指着说给老婆婆听,小孩们跑着还要跟上一段路。开栅镇、小相村、大相村,哪一处不是一样的热闹,看到北齐天保三年造像碑,我们不小心的,漏出一个惊异的叫喊,他们乡里弯着背的、老点儿的人,就也露出一个得意的微笑,知道他们村里的宝贝,居然吓着这古怪的来客了。"年代多了吧,"他们骄傲地问。"多了多了,"我们高兴地回答,"差不多一千四百年了。""呀,一千四百年! "我们便一起骄傲起来。

【语言描写】

此处写考察人员与当地村民的对话,主要表现"我们"和村民都为当地历史建筑的悠久历史感到骄傲。

我们看看这里金元重修的,那里明季重修的殿宇,讨论那式样做法的特异处,塑像神气,手续，天就渐渐黑下来，嘴里觉到渴，肚里觉到饿，才记起一天的日子圆圆整整的就快结束了。回来躺在床上，绮丽鲜明的印象仍然挂在眼睛前边，引导着种种适意的梦，同时晚饭上所吃的菜蔬果子，便给养充实着我们明天的精力，直到一大颗太阳，红红地照在我们的脸上。

【正面描写】
　　用生动细腻的笔触描绘了"我"的感受，表现了"我"这一天愉快的心情。

阅读心得

　　这篇文章是林徽因在山西考察古建筑时给友人写的一篇文章。作为建筑学家的她，并没有在文中过多地描写当地的古建筑，反而把笔触集中于当地的风土人情上，着重描绘了山西的美景给她带来的新奇感受和村民的热情，读来让人仿佛身临其境。

写作借鉴

　　本文在景物以及人物的描写上，运用了多种描写手法，如白描、比喻、拟人等。不加修饰的描写让其笔下的人物更加淳朴，而比喻与拟人手法的运用，又使景物变得栩栩如生，让人如同置身画中。

致沈从文

📖 名师导读...

　　本文选取了林徽因从 1933 年到 1938 年给沈从文的七封信，篇幅长短不一，多表达自己生活中的种种感受。其中，包含着对时代乱离的忧心，体现了一个知识分子在国难当头时刻的爱国心。

一

沈二哥：

　　初二回来便忙乱成一堆，莫明其所以然。文章写不好，发脾气时还要讴出韵文！十一月的日子我最消化不了，听听风，知道枫叶又凋零得不堪，只想哭。昨天哭出的几行勉强叫它做诗，日后呈正。

　　萧先生文章甚有味儿。我喜欢，能见到当感到畅快。你说的是否礼拜五？如果是，下午五时在家里候教，如嫌晚，星期六早上也一样可以的。

　　关于云冈现状是我正在写的一短篇，哪天再赶个落花流水时当送上。

　　思成尚在平汉线边沿吃尘沙，星期六晚上可以到家。

　　　此问

俪安

二嫂统此

徽音拜上

二

二哥：

世间事有你想不到的那么古怪，你的信来的时候正遇到我双手托着头在自恨自伤的一片苦楚的情绪中熬着。在廿四个钟头中，我前前后后，理智的，客观的，把许多纠纷痛苦和挣扎或希望或颓废的细目通通看过好几遍，一方面展开事实观察，一方面分析自己的性格情绪历史，别人的性格情绪历史，两人或两人以上互相的生活，情绪和历史，我只感到一种悲哀，失望，对自己对生活全都失望无兴趣。我觉到像我这样的人应该死去，减少自己及别人的痛苦！这或是暂时的一种情绪，一会儿希望会好。

在这样的消极悲伤的情景下，接到你的信，理智上，我虽然同情你所告诉我你的苦痛（情绪的紧张），在情感上我却很羡慕你那么积极那么热烈，那么丰富的情绪，至少此刻同我的比，我的显然萧条颓废消极无用。你的是在情感的尖锐上奔进！

可是此刻我们有个共同的烦恼，那便是可惜时间和精力，因为情绪的盘旋而耗废去。

你希望抓住理性的自己，或许找个聪明的人帮忙你整理一下你的苦恼或是"横溢的情感"，设法把它安排妥帖一点，你竟找到我来，我懂得的，我也常常被同种的纠纷弄得左不是右不是,生活掀在波澜里,盲目地同危险周旋,累得我既为旁人焦灼,又为自己操心,又同情于自己又很不愿意宽恕放任自己。

不过我同你有大不同处:凡是在横溢奔放的情感中时,我便觉到抓住一种生活的意义,即使这横溢奔放的情感所发生的行为上纠纷是快乐与苦辣对渗的性质,我也不难过不在乎。我认定了生活本身原质是矛盾的,我只要生活;体验到极端的愉快,灵质的,透明的,美丽的近于神话理想的快活,以下我情愿也随着赔偿这天赐的幸福,坑在悲痛,纠纷,失望,无望,寂寞中挨过若干时候,好像等自己的血来在创伤上结痂一样!一切我都在无声中忍受,默默地等天来布置我,没有一句话说!(我且说说来给你做个参考。)

我所谓极端的、浪漫的或实际的都无关系,反正我的主义是要生活。没有情感的生活简直是死!生活必须体验丰富的情感,把自己变成丰富,宽大,能优容,能了解,能同情种种"人性",能懂得自己,不苛责自己,也不苛责旁人,不难自己以所不能,也不难别人所不能,更不怨运命或是上帝,看清了世界本是各种人性混合做成的纠纷,人性又就是那么一回事,脱不掉生理、心理,环境习惯先天特质的凑合!把道德放大了讲,别裁判或裁削自己。任性到损害旁人时,如果你不忍,你就根本办不到任性的事。(如果你办得到,那你那种残忍,便是你自己性格里的一点特性,也用不着过分的去纠正)想做的事太多,并且互相冲突时,拣最想做——想做到顾不得旁的牺牲——的事做,未做时心中发生纠纷是免不了的,做后最用不着后悔,因为你既会去做,那桩事便一定是不可免的,别尽着罪过自己。

我方才所说到极端的愉快,灵质的,透明的,美丽的快乐,不知道你有否同一样感觉。我的确有过,我不忘却我的幸福。我认为最愉快的事都是一闪亮的,在一段较短的时间内进出神奇的——如同两个人透彻的了解:一句话打到你心里,使得你理智和感情全觉到一万万分满足;如同相爱:在一个时候里,你同你自身以外另一个人互相以彼此存在为极端的幸福;如同恋爱,在那时那刻眼所见,耳所听,心所触无所不是美丽,情感如诗歌自然的流动,如花香那样不知其所以。这些种种便都是一生中不可多得的瑰宝。世界上没有多少人有那机会,且没有多少人有那种天赋的敏感和柔情来尝味那经验,所以就有那种机会也无用。如果有如诗剧神话般的实景,当时当事者本身却没有领会诗的情感又如何行? 即使有了,只是浅俗的赏月折花的限量,那又有什么话说? ! 转过来说,对悲哀的敏感容量也是生活中可贵处。当时当事,你也许得流出血泪,过去后那些在你经验中也是不可鄙视的创痂。(此刻说说话,我倒暂时忘记了我昨天到今晚已整整哭了廿四小时,中间仅仅睡着三四个钟头,方才在过分的失望中颓废着觉到浪费去时间精力,很使自己感叹。)在夫妇中间为着相爱纠纷自然痛苦,不过那种痛苦也是夹着极端丰富的幸福在内的。冷漠不关心的夫妇结合才是真正的悲剧!

如果在"横溢情感"和"僵死麻木的无情感"中叫我来拣一个,我毫无问题要拣上面的一个,不管是为我自己或是为别人。人活着的意义基本的是在能体验情感。能体验情感还得有智慧有思想来分别了解那情感——自己的或别人的! 如果再能表现你自己所体验所了解的种种在文字上——不管那算是宗教或哲学,诗,或是小说,或是社会学论文——(谁管那些)——使得别人也更得点人生意义,那或许就是所有的意义了——不管人文明到什么程度,天文地理科学的通到哪里去,这点人性还是一样的主要,一样的是人生的关键。

在一些微笑或皱眉印象上称较分量,在无边际人事上驰骋细想,正是一种生活。

算了吧!二哥,别太虐待自己,有空来我这里,咱们再费点时间讨论讨论它,你还可以告诉我一点实在情形。我在廿四小时中只在想自己如何消极到如此田地苦到如此如此,而使我苦得想去死的那个人自己在去上海火车中也苦得要命,已经给我来了两封电报一封信,这不是"人性"的悲剧么?那个人便是说他最不喜管人性的梁二哥!

徽因

你一定得同老金谈谈,他真是能了解同时又极客观极同情极懂得人性,虽然他自己并不一定会提起他的历史。

三

二哥:

怎么了?《大公报》到底被收拾,真叫人生气!有办法否?

昨晚我们这里忽收到两份怪报,名叫《亚洲民报》,篇幅大极,似乎内中还有文艺副刊,是大规模的组织,且有计划的,看情形似乎要《大公报》永远关门。气糊涂了我!社论看了叫人毛发能倒竖。我只希望是我神经过敏。

这日子如何"打发"?我们这国民连骨头都腐了!有消息

请告一二。

徽因

四

二哥：

我欠你一封信，欠得太久了！现在第一件事要告诉你的就是我们又都在距离相近的一处了。大家当时分手得那么突兀惨淡，现在零零落落的似乎又聚集起来。一切转变得非常古怪，两月以来我种种的感到糊涂。事情越看得多点，心越焦，我并不奇怪自己没有青年人抗战中兴奋的情绪，因为我比许多人明白一点自己并没有抗战，生活离前线太远，一方面自己的理智方面也仍然没有失却它寻常的职能，观察得到一些叫人心里顶难过的事。心里有时像个药罐子。

自你走后我们北平学社方面发生了许多叫我们操心的事，好容易挨过了俩仨星期（我都记不清有多久了）才算走脱，最后我是病的，却没有声张，临走去医院检查了一遍，结果是得着医生严重的警告——但警告白警告，我的寿命是由天的了。临行的前夜一直弄到半夜三点半，次早六时由家里出发，我只觉得是硬由北总布胡同扯出来上车拉倒。东西全弃下倒无所谓，最难过的是许多朋友都像是放下忍心的走掉，端公太太、公超太太住在我家，临别真是说不出的感到似乎是故意那么狠心地把她们抛下，兆和也是一个使我顶不知怎样才好的，而偏偏我就根本赶不上去北城一趟看看她。我恨不得是把所有北平留下的太太孩子挤在一块走出到天津再说。可是我也知道天津地方更莫名其妙，生活又贵，平津那一节火车情形那时也是一天一个花样，谁都不保险会出什么样把戏的。

这是过去的话了，现在也无从说起，自从那时以后，我们真走了不少地方。由卢沟桥事变到现在，我们把中国所有的铁路都走了一段！最紧张的是由北平到天津，由济南到郑州。带着行李小孩奉着老母，由天津到长沙共计上下舟车十六次。进出旅店十二次，这样走法也就很够经验的，所为的是回到自己的后方。现在后方已回到了，我们对于战时的国家仅是个不可救药的累赘而已。同时我们又似乎感到许多我们可用的力量废放在这里，是因为各方面缺乏更好的组织来尽量的采用。我们初到时的兴奋，现实已变成习惯的悲感。更其糟的是这几天看到许多过路的队伍兵丁，由他们吃的穿的到其他一切一切。"惭愧"两字我嫌它们过于单纯，所以我没有字来告诉你，我心里所感触的味道。

前几天我着急过津浦线上情形，后来我急过"晋北"的情形——那时还是真正的"晋北"——由大营到繁峙代县，雁门朔县宁武原平崞县忻县一带路，我们是熟极的，阳明堡以北到大同的公路更是有过老朋友交情，那一带的防御在卢变以后一星期中我们所知道的等于是"鸡蛋"。我就不信后来赶得及怎样"了不起"的防御工作，老西儿的军队更是软懦到万分，见不得风的，怎不叫我跳急到万分！好在现在情形已又不同了，谢老天爷，但是看战报的热情是罪过的。如果我们再按紧一点事实的想象：天这样冷……（就不说别的！！）战士们在怎样的一个情形下活着或死去！三个月以前，我们在那边已穿过棉！所以一天到晚,我真不知想什么好,后方的热情是罪过,不热情的话不更罪过? 二哥,你想。我们该怎样的活着才有法子安顿这一副还未死透的良心?

我们太平时代(考古)的事业,现时谈不到别的了,在极省俭的法子下维护它不死,待战后再恢复算最为得体的办法。个人生活已甚苦,但尚不到苦到"不堪"。我是女人,当然立刻变成纯净的"糟糠"的典型,租到两间屋子,烹调、课子、洗衣、铺床,每日如在走马灯中过去。中间来几次空袭警报,生活也就饱满到万分。注:一到就发生住的问题,同时患腹泻,所以在极马虎中租到一个人家楼上的两间屋。就在火车站旁,火车可以说是从我窗下过去! 所以空袭时颇不妙,多暂避于临时大学(熟人尚多见面,金甫亦"高个子"如故)。文艺,理想,都像在北海五龙亭看虹那么样,是过去中一种偶然的遭遇,现实只有一堆矛盾的现实抓在手里。

话又说多了,且乱,正像我的老样子。二哥你现在做什么,有空快给我一封信。(在汉口时,我知道你在隔江,就无法来找你一趟)我在长沙回首雁门,正不知有多少伤心呢,不日或起早到昆明,长途车约七八日,天已寒冷,秋气肃杀,这路不太好走,或要去重庆再到成都,一切以营造学社工作为转移(而其间问题尚多,今天不谈了)。现在因时有空袭警报,所以一天不能离开老的或小的,精神上真是苦极苦极,一天的操作也于我的身体有相当威胁。

徽因　在长沙

长沙韭菜园教厂坪134刘宅梁

五

二哥：

在黑暗中，在车站铁篷子底分别，很有种清凉味道，尤其是走的人没有找着车位，车上又没有灯，送的打着雨伞，天上落着很凄楚的雨，地下一块亮一块黑的反映着泥水洼，满车站的兵——开拔到前线的，受伤开回到后方的！那晚上很代表我们这一向所过的日子的最黯淡的底层——这些日子表面上固然还留一点未曾全褪败的颜色。

这十天里长沙的雨更象征着一切霉湿、凄怆、惶惑的生活。那种永不开缝的阴霾封锁着上面的天，留下一串串继续又继续着檐漏般不痛快的雨，屋里人冻成更渺小无能的小动物，缩着脖子只在呆想中让时间赶到头里，拖着自己半蛰伏的灵魂。接到你第一封信后我又重新发热伤风过一次，这次很规矩地躺在床上发冷，或发热，日子清苦得无法设想，偏还老那么悬着，叫人着一种无可奈何的急。如果有天，天又有意旨，我真想他明白点告诉我一点事，好比说我这种人需要不需要活着，不需要的话，这种悬着的日子也不都是侈奢？好比说一个非常有精神喜欢挣扎着生存的人，为什么需要肺病，如果是需要，许多希望着健康的想念在她也就很侈奢，是不是最好没有？死在长沙雨里，死得虽未免太冷点，往昆明跑，跑后的结果如果是一样，那又怎样？昨天我们夫妇算算到昆明去，现在要不就走，再去怕更要落雪落雨发生问题，就走的话，除却旅费，到了那边时身上一共剩下三百来元，万一学社经费不成功，带着那一点点钱，一家子老老小小流落在那里颇不妥当,最好得等基金方面一点消息。……

可是今天居然天晴,并且有大蓝天,大白云,顶美丽的太阳光! 我坐在一张破藤椅上,破藤椅放在小破廊子上,旁边晒着棉被和雨鞋,人也就轻松一半,该想的事暂时不再想它,想想别的有趣的事:好比差不多二十年前,我独自坐在一间顶大的书房里看雨,那是英国的不断的雨。我爸爸到瑞士国联开会去,我能在楼上嗅到顶下层楼下厨房里炸牛腰子同洋咸肉,到晚上又是在顶大的饭厅里(点着一盏顶暗的灯)独自坐着(垂着两条不着地的腿同刚刚垂肩的发辫),一个人吃饭一面咬着手指头哭——闷到实在不能不哭! 理想的我老希望着生活有点浪漫的发生,或是有个人叩下门走进来坐在我对面同我谈话,或是同我同坐在楼上炉边给我讲故事,最要紧的还是有个人要来爱我。我做着所有女孩做的梦。而实际上却只是天天落雨又落雨,我从不认识一个男朋友,从没有一个浪漫聪明的人走来同我玩——实际生活上所认识的人从没有一个像我所想象的浪漫人物,却还加上一大堆人事上的纷纠。

话说得太远了,方才说天又晴了,我却怎么又转到落雨上去? 真糟! 肚子有点饿,嗅不着炸牛腰子同咸肉,更是无法再想英国或廿年前的事,国联或其他!

方才念到你的第二信,说起爸爸的演讲,当时他说的顶热闹,根本没有想到注意近在自己身边的女儿的日常一点点小小苦痛比那种演讲更能表示他真的懂得那些问题的重要。现在我自己已做了嬷嬷,我不愿意在任何情形下把我的任何一角酸辛的经验来换他当时的一篇漂亮话，不管它有多少风趣！这也许是我比他诚实，也许是我比他缺一点幽默！

好久了，我没有写长信，写这么杂乱无系统的随笔信，今晚上写了这许多，谁知道我方才喝了些什么，此刻真是冷，屋子里谁都睡了，温度仅仅五十一度，也许这是原因！

明早再写关于沅陵及其他向昆明方面设想的信！

又接到另外一封信，关于沅陵，我们可以想想，关于大举移民到昆明的事，还是个大悬点挂在空里，看样子如果再没有计划就因无计划而在长沙留下来过冬，不过关于一切，我仍然还须给你更具体的回信一封，此信今天暂时先拿去付邮而免你惦挂。

昨天张君劢老前辈来此，这人一切仍然极其"混沌"（我不叫它做天真）。天下事原来都是一些极没有意思的，我们理想着一些美妙的完美，结果只是处处悲观叹息着。我真佩服一些人仍然整天说着大话，自己支持着极不相干的自己，以至令别人想哭！

匆匆

徽因

十一月九至十日

六

二哥：

决定了到昆明，以便积极地做走的准备。本买二日票，后因思成等周寄梅先生，把票退了，再去买时，已经连七号的都卖光了，只好买八号的。

今天中午到了沅陵。昨晚里住在官庄的。沿途景物又秀丽又雄壮时就使我们想到你，二哥，对这些苍翠的，天排布的深浅山头，碧绿的水和其间稍稍带点天真的人为的点缀，如何的亲切爱好，感到一种愉快。天气是好到不能更好，我说如果不是在这战期中时时心里负着一种悲伤哀愁的话，这旅行真是不知几世修来。

昨晚有人说或许这带有匪，倒弄得我们心有点慌慌的，但在小旅店里灯火荧荧如豆，外边微风撼树，不由得不有一种特别情绪，其实我们很平安地到达很安靖的地带。

今天来到沅陵，风景愈来愈妙，有时颇疑心有翠翠这种的人物在！沅陵城也极好玩，我爱极了。你老兄的房子在小山上，非常别致有雅趣，原来你一家子都是敏感的，有精致爱好的。我同思成带了两个孩子来找他，意外还见到你的三弟，新从前线回来，他伤已愈，可以拐杖走路。他们待我们太好（个个性情都有点像你处）。我们真欢喜极了，都又感到太打扰得他们有点不过意。虽然，有半天工夫在那楼上廊子上坐着谈天，可是我真感到有无限亲切。沅陵的风景，沅陵的城市，同沅陵的人物，在我们心里是一片很完整的记忆，我愿意再回到沅陵一次，无论什么时候，最好当然是打完仗！

说到打仗你别过于悲观，我们还许要吃苦，可是我们不能不争到一种翻身的地步。我们这种人大无用了，也许会死，会消灭，可是总有别的法子，我们中国国家进步了，弄得好一点，争出一种新的局面，不再是低着头的被压迫着，我们根据事实时有时很难乐观,但是往大处看,抓紧信心,我相信我们大家根本还是乐观的,你说对不对?

这次分别大家都怀着深忧!不知以后事如何?相见在何日?只要有着信心,我们还要再见的呢。

无限亲切的感觉,因为我们在你的家乡。

徽因

昆明住址云南大学王赣愚先生转

七

二哥:

事情多得不可开交,情感方面虽然有许多新的积蓄,一时也不能够去清理(这年头也不是清理情感的时候)。昆明的到达既在离开长沙三十九天之后,其间的故事也就很有可纪念的。我们的日子至今尚似走马灯的旋转,虽然昆明的白云悠闲疏散在蓝天里。现在生活的压迫似乎比从前更有分量了。我问我自己三十年底下都剩一些什么,假使机会好点我有什么样的一两句话说出来,或是什么样事好做,这种问题在这时候问,似乎更没有回答——我相信我已是一整个的失败,再用不着自己过分的操心——所以朋友方面也就无话可说——现在多半的人都最惦挂我的身体。一个机构多方面受过损伤的身体实在用不着惦挂,我看黔滇间公路上所用的车辆颇感到一点同情,在中国做人同在中国坐车子一样,都要承受那种的待遇,磨到焦头烂额,照样有人把你拉过来推过去爬着长长的山坡。你若使懂事了,挣扎一下,也就不见得不会喘着气爬山过岭,到了你最后的一个时候。

不，我这比喻打得不好，它给你的印象好像是说我整日里在忙着服务，有许多艰难的工作做，其实，那又不然，虽然思成与我整天宣言我们愿意服务的，替政府或其他公共机关效力，到了如今，人家还是不找我们做正经事，现在所忙的仅是一些零碎的私人所委托的杂务，这种私人相委的事，如果他们肯给我们一点实际的酬报，我们生活可以稍稍安定，挪点时候做些其他有价值的事也好，偏又不然，所以我仍然得另想别的办法来付昆明的高价房租，结果是又接受了教书生涯，一星期来往爬四次山坡走老远的路，到云大去教六点钟的补习英文。上月净得四十余元法币，而一方面为一种我们最不可少的皮尺昨天花了二十三元买来！

到如今我还不大明白我们来到昆明是做生意，是"走江湖"还是做"社会性的骗子"——因为梁家老太爷的名分，人家常抬举这对愚夫妇，所以我们是常常有些阔绰的应酬需要我们笑脸的应付——这样说来好像是牢骚，其实也不尽然，事实上就是情感良心均不得均衡！前昨同航空毕业班的几个学生谈，我几乎要哭起来，这些青年叫我一百分的感激同情，一方面我们这租来的房子墙上还挂着那位主席将军的相片，看一眼，话就多了——现在不讲——天天早上那些热血的人在我们上空练习速度，驱逐和格斗，底下芸芸众生吃喝得仍然有些讲究。思成不能酒我不能牌，两人都不能烟，在做人方面已经是十分惭愧！现在昆明人才济济，哪一方面人都有。云南的权贵，香港的服装，南京的风度，大中华民国的洋钱，把生活描画得十三分对不起那些在天上冒险的青年,其他更不用说了。现在我们所认识的穷愁朋友已来了许多,同感者自然甚多。

陇海全线的激战使我十分兴奋,那一带地方我比较熟习,整个心都像在那上面滚,有许多人似乎看那些新闻印象里只有一堆内地县名,根本不发生感应,我就奇怪!我真想在山西随军,做什么自己可不大知道!

二哥,我今天心绪不好,写出信来怕全是不好听的话,你原谅我,我要搁笔了。

这封信暂做一个赔罪的先锋,我当时也知道朋友们一定会记挂,不知怎么我偏不写信,好像是罚自己似的——一股坏脾气发作!

徽因

阅读心得

中国历史上一共有三次"南渡",东晋一次,南宋一次,加上抗战又一次。三次"南渡",都是因为中原地区受到外敌的入侵,不得已,举国南迁。三次南迁,都发生在国力衰微之时,但也正是南迁,为中国保下了文化的火种。

这篇文章,选取了林徽因给沈从文的七封信,里面有二人对生活的感受和情感的交流,从中可见二人真挚的友谊。但更大的价值,还在于林徽因在信中对动荡时代的记述,以及对战乱时知识分子躲避战乱不停奔波转移过程的完整记录。读这几封信,可以让我们体会到那个时代知识分子的苦难和对文化、对国家的担当。

写作借鉴

　　这篇文章是一个书信的汇总,从中我们可以学会书信的一般写法。

　　首先,是书信的格式。书信的格式包括问候语、落款和日期。这些外在的格式,并非只有形式上的作用,它们也起到时间尺度的作用。

　　其次,是书信的内容。书信一般是写给亲友,偶尔也有写给陌生人的,用来传达感情和传递信息。所以,书信中感情表达要真挚,信息交代要清楚准确。

致 胡 适

名师导读····

胡适是民国时期的文化名人，为新文化运动做出过巨大贡献。林徽因是他的晚辈，所以在这几篇给胡适的信中，我们可以看出作者对前辈学人的尊敬。

一

适之先生：

也许你很诧异这封唐突的来信，但是千万请你原谅，你到美的消息传到一个精神充军的耳朵里，这不过是个很自然的影响。

我这两年多的渴想北京和最近惨酷的遭遇给我许多烦恼和苦痛。我想你一定能够原谅我对于你到美的踊跃。我愿意见着你，我愿意听到我所狂念的北京的声音和消息，你不以为太过吧？

纽约离此很近，我有希望欢迎你到费城来么？如哥伦比亚演讲一定很忙，不知周末可以走动不？

这二月底第三或第四周末有空否，因为那时彭校新创的教育会有个演讲，托找中国speaker，胡先生若可以来费，可否答应当那晚的speaker？本来这会极不要紧的不该劳动大驾，只因因此我们可以聚会晤谈，所以函问。

若是月底太忙不能来费，请即示知，以便早早通知该会Dr.G.H.Minnich会长，过些时候我也许可以到纽约来拜访。

很不该这样唐突打扰,但是——原谅。

徽音上

二月六日于费城

二

适之先生:

我真不知道怎样谢谢你这次的visit才好! 星期五那天我看你从早到晚不是说话便是演讲真是辛苦极了。第二天一清早我想着你又在赶路到华京去,着实替你感着疲劳。希望你在华京从容一点,稍稍休息过来。

那天听讲的人都高兴得了不得。那晚饭后我自己只觉得有万千的感触。倒没有向你道谢。要是道谢的话,"谢谢"两字真是太轻了。不能达到我的感激。一个小小的教育会把你辛苦了足三天,真是!

你的来费给我好几层的安慰,老实说当我写信去请你来时,实在有些怕自己唐突,就是那天见了你之后也还有点不自在。但是你那老朋友的诚意温语立刻把我 put at ease 宽慰了。

你那天所谈的一切——宗教、人事、教育到政治——我全都忘不了的,尤其是"人事";一切的事情我从前不明白,现在已经清楚了许多,就还有要,说要问的,也就让他们去,不说不问了。"让过去的算过去的",这是志摩的一句现成话。

大概在你回国以前我不能到纽约来了,如果我再留美国一年的话,大约还有一年半我们才能再见了。适之先生,我祝你一切如意快乐和健康。回去时看见朋友们替我问候,请你告诉志

～133～

摩我这三年来寂寞受够了，失望也遇多了，现在倒能在寂寞和失望中得着自慰和满足。告诉他我绝对的不怪他，只有盼他原谅我从前的种种的不了解。但是路远隔膜误会是所不免的，他也该原谅我。我昨天把他的旧信一一翻阅了。旧的志摩我现在真真透彻地明白了，但是过去，现在不必重提了，我只求永远纪念着。

如你所说的，经验是可宝贵的，但是有价值的经验全是苦痛换来的，我在这三年中真是得了不少的阅历，但就也够苦了。经过了好些的变励的环境和心理，我是如你所说的老成了好些，换句话说便是会悟了。从青年的 idealistic phase 走到了成年的 realistic phase，做人便这样做罢。idealistic 的梦停止了，也就可以医好了许多 vanity，这未始不是个好处。

照事实上看来我没有什么不满足的。现在一时国内要不能开始我的工作，我便留在国外继续用一年工夫再说。有便请你再告诉志摩，他怕美国把我宠坏了，事实上倒不尽然，我在北京那一年的 spoilt 生活，用了三年的工夫才一点一点改过来，要说 spoilt，世界上没有比中国更容易 spoilt 人了，他自己也就该留心点。

通伯和夫人为我道念，叔华女士若是有暇，可否送我几张房子的相片，自房子修改以后我还没有看见过，我和那房子的感情实是深长。旅居的梦魂常常绕着琼塔雪池。她母亲的院子里就有我无数的记忆，现在虽然已不堪回首，但是房主人们都是旧友，我极愿意有几张影片留作纪念。

感情和理性可以说是反对的。现在夜深，我不由得不又让情感激动，便就无理的写了这么长一封信，费你时间，扰你精神。适之先生，我又得 apologize 了。回国以后如有机会，闲暇的时候给我个把字吧,我眼看着还要充军一年半,不由得不害怕呀。

胡太太为我问好,希望将来到北京时可以见着。就此祝你旅安

徽音寄自费城
三月十五日

三

适之先生:

志摩刚刚离开我们,遗集事尚觉毫无头绪,为他的文件就有了些纠纷,真是不幸到万分,令人想着难过之极。

我觉得甚对不起您为我受了许多麻烦,又累了许多朋友也受了些许牵扰更是不应该。

事情已经如此,现在只得听之,不过我求您相信我不是个多疑的人,这一桩事的蹊跷曲折,全在叔华一开头便不痛快——便说瞎话——所致。

我这方面的事情很简单:

(一)大半年前志摩和我谈到我们英国一段事,说到他的《康桥日记》仍存在,回硖石时可找出给我看。如果我肯要,他要给我(因为他知道我留有他当时的旧信,他觉得可收藏在一起)。

　　注:整三年前,他北来时,他向我诉说他订婚结婚经过,讲到小曼看到他的"雪池时代日记"不高兴极了,把它烧了的话,当时也说过:不过我尚存下我的《康桥日记》。

（二）志摩死后，我对您说了这段话——还当着好几个人说的——在欧美同学会，奚若思成从渭南回来那天。

（三）十一月廿八日星期六晨，由您处拿到一堆日记簿（有满的一本，有几行的数本，皆中文，有小曼的两本，一大一小，后交叔华由您负责取回的），有两本英文日记，即所谓 Cambridge 日记者一本，乃从 July 31 1921 起。次本从 Dec.2nd（同年）起始，至回国止者，又有一小本英文为志摩一九二五年在意大利写的。此外几包晨副原稿，两包晨副零张杂纸，空本子小相片，两把扇面，零零星星纸片，住址本。

　　注：那天在您处仅留一小时，理诗刊稿子，无暇细看箱内零本，所以一起将箱带回细看，此箱内物是您放入的，我丝毫未动，我更知道此箱装的不是志摩平日原来的那些东西，而是在您将所有信件分人分类捡出后，单单将以上那些本子纸包子聚成这一箱的。

（四）由您处取出日记箱后约三四日或四五日听到奚若说：公超在叔华处看到志摩的康桥日记，叔华预备约公超共同为志摩作传的。

　　注：据公超后来告我，叔华是在十一月廿六日开会（讨论悼志摩）的那一晚上约他去看日记的。

（五）追悼志摩的第二天（十二月七号）叔华来到我家向我

要点志摩给我的信,由她编辑,成一种"志摩信札"之类的东西,我告诉她旧信全在天津,百分之九十为英文,怕一时拿不出来,拿出来也不能印,我告诉她我拿到有好几本日记,并请她看一遍大概是些什么,并告诉她,当时您有要交给大雨的意思,我有点儿不赞成。您竟然将全堆"日记类的东西"都交我,我又embarrassed 却又不敢负您的那种 trust——您要我看一遍编个目录——所以我看东西绝对的 impersonal 带上历史考据眼光。Interesting only in 事实的辗进变化忘却谁是谁。

最后我向她要公超所看到的志摩日记——我自然作为她不会说"没有"的可能说法,公超既已看到。(我说:听说你有志摩的康桥日记在你处,可否让我看看等等。她停了一停说可以。)

我问她"你处有几本? 两本么?"

她说"两——本",声音拖慢,说后极不高兴。

我问"两本是一对么? 未待答,是否与这两本(指我处康桥日记两本)相同的封皮?"

她含糊应了些话,似乎说"是! 不是,说不清"等,"似乎一本是——"现在我是绝对记不清这个答案(这句话待考)。因为当时问此话时,她的神色极不高兴,我大窘。

(六)我说要去她家取,她说她下午不在,我想同她回去,却未敢开口。

后约定星期三(十二月九号)遣人到她处去取。

(七)星期三九号晨十一时半,我自己去取,叔华不在家,留一信备给我的,信差带复我的。

此函您已看过,她说(原文):"昨归遍找志摩日记不得,后捡自己当年日记,乃知志摩交我乃三本:两小,一大,小者即在君处箱内,阅完放入的。大的一本(满写的)未阅完,想来在字画箱内(因友人物多,加意保全),因三四年中四方奔走,家中书物皆堆叠成山,甚少机缘重为整理,日间得闲当细捡一下,必可找出来阅。此两日内,人事烦扰,大约须此星期底才有空翻寻也。"

注:这一篇信内有几处瞎说不必开论,即是"阅完放入""未阅完"两句亦有语病,既说志摩交她三本日记,何未"阅完放入"君处箱内。可见非志摩交出,乃从箱内取出阅,而"阅完放入",而有一本未阅完而未放入。

此箱偏偏又是当日志摩曾寄存她处的一个箱子,曾被她私开过的(此句话志摩曾亲语我。他自叔华老大大处取回箱时,亦大喊"我锁的,如何开了,这是我最要紧的文件箱,如何无锁,怪事——"又"太奇怪,许多东西不见了,missing",旁有思成、Lilian Tailor 及我三人)。

(八)我留字,请她务必找出借我一读。说那是个不幸事的留痕,我欲一读,想她可以原谅我。

(九)我觉得事情有些周折,气得通宵没有睡着,可是,我猜她推到"星期底"必是要抄留一份底子,故或需要时间(她许怕我以后不还她那日记)。我未想到她不给我。更想不到以后收到半册而这半册日记正巧断在刚要遇到我的前一两日。

(十)十二月十四日(星一)

half a book with l28 Pages received(dated from Nov.17,1920

ended with sentence "it was badly planned."）。叔华送到我家来，我不在家，她留了一个 note 说怕我急，"赶早送来"的话。

（十一）事后知道里边有古事，却也未胡猜，后奚若来说叔华跑到性仁家说她处有志摩日记（未说清几本）徽音要，她不想给（不愿意给）的话，又说小曼日记两本她拿去也不想还等等，大家都替我生气，觉得叔华这样，实在有些古怪。

（十二）我到底全盘说给公超听了（也说给您听了）。公超看了日记说，一本正是他那天（离十一月廿八日最近的那星期）看到了的，不过当时未注意底下是如何，是否只是半册未注意到，她告诉他是两本，而他看到的只是一本，但他告诉您（适之）"refuse to be quoted"，底下事不必再讲了。

二十一年元旦

四

适之先生：

下午写了一信，今附上寄呈，想历史家必不以我这种信为怪，我为人直爽性急，最恨人家小气曲折说瞎话。此次因为叔华瞎说，简直气糊涂了。

我要不是因为知道公超看到志摩日记，就不知道叔华处会有的。谁料过了多日，向她要借看时，她倒说"遍找不得""在书画箱内多年未检"的话。真叫人不寒而栗！我从前不认得她，对她无感情，无理由的，没有看得起她过。后来因她嫁通伯，又有"送车"等作品，觉得也许我狗眼看低了人，始大大谦让真诚地招呼她，万料不到她是这样一个人！真令人寒心。

志摩常说："叔华这人小气极了。"我总说："是么？小心点吧，别得罪了她。"

女人小气虽常有事，像她这种有相当学问知名的人也该学点大方才好。

现在无论日记是谁裁去的，当中一段缺了是事实，她没有坦白地说明以前，对那几句瞎话没有相当解释以前，她永有嫌疑的。（志摩自己不会撕的，小曼尚在，可问。）

关于我想着那段日记，想也是女人小气处或好奇处多事处，不过这心里太 human 了，我也不觉得惭愧。

实说，我也不会以诗人的美谀为荣，也不会以被人恋爱为辱。我永是"我"，被诗人恭维了也不会增美增能，有过一段不幸的曲折的旧历史也没有什么可羞惭。（我只是要读读那日记，给我是种满足，好奇心满足，回味这古怪的世事，纪念老朋友而已。）

我觉得这桩事人事方面看来真不幸，精神方面看来这桩事或为造成志摩为诗人的原因，而也给我不少人格上、知识上磨炼修养的帮助，志摩 inaway 不悔他有这一段苦痛历史，我觉得我的一生至少没有太堕入凡俗的满足也不算一桩坏事，志摩警醒了我，他变成一种 stimulant 在我生命中，或恨，或怒，或 happy 或 sorry，或难过，或苦痛，我也不悔的，我也不proud我自己的倔强，我也不惭愧。

我的教育是旧的，我变不出什么新的人来，我只要"对得起"人——爹娘、丈夫（一个爱我的人，待我极好的人）、儿子、家族等等，后来更要对得起另一个爱我的人，我自己有时的心，我的性情便弄得十分为难。前几年不管对得起他不，倒容易——现在结果,也许我谁都没有对得起,您看多冤!

我自己也到了相当年纪,也没有什么成就,眼看得机会愈少——我是个兴奋 type accomplish things by sudden inspiration and master stroke,不是能用功慢慢修炼的人。现在身体也不好,家常的负担也繁重,真是怕从此平庸处世,做妻生仔地过一世!我禁不住伤心起来。想到志摩今夏的 inspiring friendship and love 对于我,我难过极了。

这几天思念他得很,但是他如果活着,恐怕我待他仍不能改的。事实上太不可能。也许那就是我不够爱他的缘故,也就是我爱我现在的家在一切之上的确证。志摩也承认过这话。

徽音

二十年正月一日

五

适之先生:

多天未通音讯,本想过来找您谈谈,把一些零碎待接头的事情一了。始终办不到。日前,人觉得甚病不大动得了,后来路赶了几日夜,两三处工程图案,愈弄得人困马乏。

上星期起到现在一连走了几天协和检查身体,消息大不可人,医生和思成又都皱开眉头!看来我的病倒进展了些,医生还在商量根本收拾我的办法。

身体情形如此,心绪更不见佳,事情应着手的也复不少,甚想在最近期间能够一晤谈,将志摩几本日记事总括筹个办法。

此次,您从硖带来一部分日记尚未得见,能否早日让我一读与其他部分做个整个的 survey?

据我意见看来,此几本日记,英文原文并不算好,年轻得厉害,将来与他"整传"大有补助处固甚多,单印出来在英文文学上价值并不太多(至少在我看到那两本中文字比他后来的作品书札差得很远),并且关系人个个都活着,也极不便,一时只是收储保存问题。

志摩作品中,诗已差不多全印出,散文和信札大概是目前最要紧问题,不知近来有人办理此事否?"传"不"传"的,我相信志摩的可爱的人格永远会在人们记忆里发亮的,暂时也没有赶紧(的)必要。至多慢慢搜集材料为将来的方便而已。

日前,Mr.E.S.Bernett 来访说 Mrs. Richard 有信说康桥志摩的旧友们甚想要他的那两篇关于康桥的文章译成英文寄给他们,以备寄给两个杂志刊登。The Richards 希望就近托我翻译。我翻阅那两篇东西不竟出了许多惭愧的汗。你知道那两篇东西是他散文中极好的两篇。我又有什么好英文来翻译它们。一方面我又因为也是爱康河的一个人,对康桥英国晚春景致有特殊感情的一个人,又似乎很想"努力"尝试(都是先生的好话),并且康桥那方面几个老朋友我也认识几个,他那文章里所引的事,我也好像全彻底明白……

但是,如果先生知道有人能够十分的 do his work justice in-rendering into really charming English,最好仍请一个人快快地将那东西译出寄给 Richards 为妥。

身体一差伤感色彩便又深重。这几天心里万分的难过。怎办?

从文走了没有,还没有机会再见到。

湘玫又北来，还未见着。南京似乎日日有危险的可能，真糟。思忠在八十八师已开在南京下关前线，国"难"更"难"得迫切，这日子又怎么过！

先生这两天想也忙，过两天可否见到，请给个电话。

胡太太伤风想已好清。我如果不是因为闹协和这一场，本来还要来进"研究院"的。现在只待静候协和意旨，不进医院也得上山了。

　　此问
著安

　　　　　　　　　　　　　　徽音拜上

思成寄语问候，他更忙得不亦乐乎

六

适之先生：

上次我上山以前，你到我们家里来，不凑巧我正出去，错过了，没有晤着，真可惜。你大忙中来我们家，使我疑心到你是有什么特别事情的，可是猜了半天都猜不出，如果真的有事，那就请你给我个信罢。

那一天我答应了胡太太代找房子，似乎对于香山房子还有一点把握，这两天打听的结果，多半是失望，请转达。但是这不是说香山绝对没有可住的地方，租的是说没有了，可借的却似乎还有很多。双清别墅听说已让□□夫妇暂借了，虽然是短期。

我的姑丈卓君庸的"自青榭"倒也不错，并且他是极欢迎人家借住的，如果愿意，可以去接洽一下。去年刘子楷太太借住几星期，客人主人都高兴一场。自青榭在玉泉山对门，虽是平地，却也别饶风趣，有池；有柳；有荷花鲜藕；有小山坡；有田陌；即是游卧佛寺，碧云寺，香山，骑驴洋车皆极方便。

谢谢送来独立周刊。听说这刊出世已久，却尚未得一见，前日那一期还是初次见面。读杨金甫那篇东西颇多感触，志摩已别半载，对他的文集文稿一类的整理尚未有任何头绪，对他文字严格批评的文章也没有人认真做过一篇。国难期中大家没有心绪，沪战烈时更谈不到文章自是大原因，现在过时这么久，集中问题不容易了，奈何！

我今年入山已月余，触景伤怀，对于死友的悲念，几乎成个固定的咽哽牢结在喉间，生活则仍然照旧辗进，这不自然的缄默像个无形的十字架，我奇怪我不曾一次颠仆在那重量底下。

有时也想说几句话，但是那些说话似乎为了它们命定的原因，绝不会诞生在语言上，虽然它们的幻灭是为了忠诚，不是为了虚伪，但是一样的我感到伤心，不可忍的苦闷。整日在悲思悲感中挣扎，是太没意思的颓废。先生你有什么通达的哲理赐给我没有？

新月的新组织听说已经正式完成，月刊在哪里印，下期预备哪一天付印，可否示之一二。"独立"容否小文字？有篇书评只怕太长些。（关于萧翁与爱莲戴莱通讯和戈登克雷写的他母亲的小传作对照的评论，我认为那两本东西是剧界极重要的document，不能作浪漫通讯看待。）

思成又跑路去，这次又是一个宋初木建——在宝坻县——比蓟州独乐寺或能更早。这种工作在国内甚少人注意关心，我们单等他的测绘详图和报告印出来时吓日本鬼子一下痛快：省得他们目中无人以为中国好欺负。

天气好得很，有空千万上山玩一次，保管你欢喜不觉得白跑。

徽音

六月十四日香山

阅读心得

这篇文章选取了林徽因从 1927 年到 1932 年间给胡适的几封信。与给沈从文的信不同，这几封信是以一个后辈的身份写的，采用的多是请教的语气。

这几封信，较多的篇幅都集中在徐志摩的去世以及徐志摩文集的编订上。从中可以看出林徽因对友人的真诚以及胡适对后辈的提携。

整体上看，这几封信主要是事务的往来，感情的倾诉不多，主要还是二人辈分的差距较大的原因。

写作借鉴

通过阅读这篇文章，我们应当学到的是关于说话、写文章的分寸问题。书信、演讲稿、汇报稿等应用类文章是平日里常用的，这类文章一般都有明确的写作对象。而写作对象的不同，文章的用词、态度及内容也会有所不同。正如林徽因给胡适写信时，言辞之间充满尊敬，用语多敬称，且主要谈论事务，很少写到感情上的体验。而反观与同辈的沈从文写信时，林徽因的语气就要随和亲近很多，信的内容也多是情感思想的交流。这样的不同也正是二人的身份不同决定的。

这种分寸感通常决定着我们的文章是否得体，以及文章的效果能否达到。这非常值得我们学习。

致金岳霖

老金：

多久多久了，没有用中文写信，有点儿不舒服。

John 到底回美国来了，我们愈觉到寂寞，远，闷，更盼战事早点结束。

一切都好。近来身体也无问题的复原，至少同在昆明时完全一样。本该到重庆去一次，一半可玩，一半可照 X 光线等。可惜天已过冷，船甚不便。

思成赶这一次大稿，弄得苦不可言。可是总算了一桩大事，虽然结果还不甚满意，它已经是我们好几年来想写的一种书的起头。我得到的教训是，我做这种事太不行，以后少做为妙，虽然我很爱做。自己过于不 efficient，还是不能帮思成多少忙！可是我学到许多东西，有趣的材料，它们本身于我也还是有益。

已经是半夜，明早六时思成行。

我随便写几行，托 John 带来，权当晤面而已。

徽寄爱

阅读心得

　　林徽因去世多年后，有一天，金岳霖把友人们叫到餐厅，摆了满满一桌子菜，大家都不知是什么缘由，纷纷问金岳霖。头发早已花白的金岳霖说："今天是徽因的生日。"金岳霖和梁思成一家关系很好，在他们几十年的交往中，一直保持着很好的关系。

　　写这封信时，林徽因在四川李庄，一方面躲避战火，一方面养病。这封信，是她在病中给金岳霖写的，内容也只是交代近况、家人消息，让老友放心。

写作借鉴

　　本文语言简洁，叙事简明扼要，值得我们学习。

　　韩愈说"惟陈言之务去"，就是告诉我们，写文章不要写废话，与主题无关的事，一点儿也不要多写。好的文章应是用最简笔墨，表达最深的思想和感情。

致梁思成

梁思成是林徽因的丈夫，二人于1928年结婚。那个时代中国到处是战争和混乱，他们夫妇二人守望相助，熬过了一个又一个难关，他们夫妻二人的感情是经过磨难的，因此更加真挚。这几封信写于1953年梁思成赴苏联考察期间。

一

思成：

我现在正在由以养病为任务的一桩事上考验自己，要求胜利完成这个任务。在胃口方面和睡眠方面都已得到非常好的成绩，胃口可以得到九十分，睡眠八十分，现在最难的是气管，气管影响痰和呼吸又影响心跳甚为复杂，气管能进步，一切进步最有把握，气管一坏，就全功尽废了。

我的工作现实限制在碑建会设计小组的问题，有时是把几个有限的人力拉在一起组织一下分配一下工作，技术方面讨论如云纹，如碑的顶部；有时是讨论应如何集体向上级反映一些具体意见作一两种重要建议，今天就是刚开了一次会，有阮邱莫吴梁连我六人，前天已开过一次，拟了一信稿呈郑副主任和薛秘书长的，今天阮将所拟稿带来又修正了一次，今晚抄出大家签名明天可发出（主要要求立即通知施工组停轧钢筋，美工合组事难定了，尚未开始，所以也趁此时再要求增加技术人员加强设计实力，反映我们对去掉大台认为对设计有利，可能将塑型改善，而减掉复杂性质的陈列室和厕所设备等等使碑的思想性明确单纯许多）。再冰小弟都曾回来，娘也好，一切勿念。信到时可能已过三月廿一日了。

天安门追悼会的情形已见报我不详写了。

昨李宗津由广西回来还不知道你到莫斯科呢。

徽因三月十二日写完

二

思成：

今天是十六日。此刻黄昏六时，电灯没有来，房很黑又不能看书做事，勉强写这封信已快看不见了。十二日发一信后仍然忙于碑的事。今天小吴老莫都到城中开会去，我只能等听他们的传达报告了。讨论内容为何，几方面情绪如何，决议了什么具体办法，现在也无法知道。昨天是星期天，老金不到十点钟就来了，刚进门再冰也回来，接着小弟来了，此外无他人，谈得正好，却又从无线电中传到捷克总统逝世消息。这种消息来在那样沉痛的斯大林同志的殡仪之后，令人发愣发呆，不能相信不幸的事可以这样的连着发生。大家心境又黯然了……

中饭后老金小弟都走了。再冰留到下午六时，她又不在三月结婚了，想改到国庆，理由是于中干说他希望在广州举行，那边他们两人的熟人多，条件好，再冰可以玩一趟。这次他来，时间不够也没有充分心理准备,六月又太热。我是什么都赞成。反正孩子高兴就好。

我的身体方面吃得那么好,睡得也不错,而不见胖,还是爱气促和闹清痰打"呼噜出泡声",血脉不好好循环冷热不正常等等,所以疗养还要彻底,病状比从前深点,新陈代谢作用太坏,恢复的现象极不显著,也实在慢,今天我本应该打电话问校医室血沉率和痰化验结果的,今晚便可以报告,但因害怕结果不完满因而不爱去问!

学习方面可以报告的除了报上主要政治文章和理论文章外,我连着看了四本书都是小说式传记。都是英雄的真人真事……

还要和你谈什么呢?又已经到了晚饭时候,该吃饭了,只好停下来。(下午一人甚闷时,关肇业来坐一会儿,很好。太闷着看书觉到晕昏。)(十六日晚写)

十七日续　我最不放心的是你的健康问题,我想你的工作一定很重,你又容易疲倦,一边又吃Rimifon,不知是否更易累和困,我的心里总惦着,我希望你停Rimifon吧,已经满两个半月了。苏联冷,千万注意呼吸器官的病。

昨晚老莫回来报告,大约把大台改低是人人同意,至于具体草图什么时候可以画出并决定,是真真伤脑筋的事,尤其是碑顶仍然意见分歧。

徽因匆匆写完三月十七午

阅读心得

夫妻之间写信,就如同平时生活中的对话,平淡之中富有深情。

这几封信写于 1953 年梁思成赴苏联考察期间，当时林徽因的肺病十分严重，二人又分离两地，苏联更是寒冷之地，因此作者以书信表达关切。信的内容不过是通报平安，传达亲人好友的消息，以及表达对丈夫的关心等，读来却十分感人。

写作借鉴

亲人是我们在这个世界上最亲近的人，亲情更是古往今来常涉及的主题。

这篇文章，作者以平淡的笔触写了自己对丈夫的关心，虽没有写什么特殊的事件，只是对平淡生活的叙述，但有感动人心的力量在。这为我们写好亲情类的文章很有借鉴意义。

✦ 读后感 ✦

　　林徽因去世多年后，有一天，金岳霖把友人们叫到餐厅，摆了满满一桌子菜，大家都不知是什么缘由，纷纷问金岳霖。头发早已花白的金岳霖说："今天是徽因的生日。"众人感慨不已。

　　林徽因，这个集才华与美貌于一身的女子，在她离世多年后，还有人记得她的生日，如此一生，应当无憾了吧。我们端详她的一生，出身于书香世家，徐志摩对她一见钟情，梁思成与她结成眷侣，而金岳霖则默默守护。一生得此三位知己，足矣。

　　林徽因的才情，多体现在她的诗里。十几岁时，她与徐志摩相识，开始接触新诗，所以她的诗受新月派影响较大，内容多以表现一时的情绪或感情为主，风格清新圆润，有着女诗人独特的才情。此外，她的散文造诣也不同一般，她的散文有着诗一样的美感，思绪跳动，语言优美，读来如饮美酒。她与友人的信件，也处处洋溢着情感，有很高的文学价值。

　　林徽因不只是一个文人，她更重要的成就在建筑学领域。她十几岁时就对建筑学产生了兴趣，后来赴美留学，攻读建筑学专业。学成回国后，她一边在高校教授建筑学，为祖国建筑事业培养人才，一边协助丈夫梁思成进行中国建筑史的研究，为中国建筑史的发展做出了突出贡献。

　　"一身诗意千寻瀑，万古人间四月天。"金岳霖的挽联道出了林徽因诗意的一生。今天的我们，读她的诗、文章、书信，更能体会到一位才女的如诗人生。

真题演练

一、选择题

1. 下列关于文学常识的说法，正确的一项是（　）

A. 林徽因是民国时期著名的女诗人，她的诗受新月派的影响很深，代表作有《你是人间的四月天》《别丢掉》《再别康桥》等。

B.《水浒传》是我国著名的古典章回体小说，讲述了一百零八个梁山好汉的故事，其中，宋江的外号叫"智多星"。

C. 莫泊桑，法国作家，擅长短篇小说的写作，与欧·亨利、契诃夫并称为"世界三大短篇小说之王"。

D. 孔子，名丘，字仲尼，春秋时期楚国人。他门下有弟子三千，杰出的有七十二个，其中，我们熟悉的有子路、颜回等。

2. 下列文学文化常识中，表述错误的一项是（　）

A."垂髫"指小孩，"古稀"指七十岁；"婵娟"指月亮，"芙蕖"指荷花。

B.《左传》相传是春秋时期左丘明所作，是根据鲁史写的编年体史书。

C.都德是法国著名的现实主义小说家，代表作有《柏林之围》《最后一课》。

D.林徽因是著名建筑师、诗人和作家，代表作有《你是人间的四月天》《纸船》等。

3. 选出下列表述正确的一项（　）

A.《你是人间的四月天》《莲灯》是林徽因在印度诗人泰戈尔《罗摩衍那》的影响下写成的。

B.《格列佛游记》讲述的是英国船医格列佛因海难等原因流落在荒岛生活28年的经历。

C.《骆驼祥子》不仅刻画了祥子，而且还写了大胆泼辣而有些心理扭曲的小福子。

D.林冲曾是东京八十万禁军教头,有一定的社会地位,一直安分守己,循规蹈矩,最后是在万般无奈、忍无可忍的情况下才被逼上梁山的,是上层人物被迫造反的典型。

二、简答题

请赏析下面节选的句子。

满山的风全蹑着脚,像是走路一样;躲过了各处的枝叶,各处的草,不响。

答案

一、选择题

1. C
2. D
3. D

二、简答题

这句话运用了拟人的修辞手法,把风的无声说成是"蹑着脚走路",把风人格化,形象生动地写出了夜的寂静。